「ホーホー」の詩、それから

――知の育て方

出窓社

もくじ

はじめに

二〇〇三年十月、我が家の一人娘である静香が生まれた。現在は十四歳、支援学校中学部の三年生である。静香にはダウン症がある。出生から十歳くらいまでの子育てについては、前作『「ホーホー」の詩ができるまで―ダウン症児、こころ育ての10年』（二〇一五年、出窓社）で紹介したので、そちらをぜひお読みいただきたい。

本書では主に十歳以降の静香の成長と、それに関わる学習面について紹介していきたい。静香に対する学習面でのサポートは夫婦で取り組んだものの、やはり中心となるのは妻である。本書は、私自身の経験や観察も多く含まれているが、妻への聞き取りやインタビューをもとに学習の意味や方法、困難さについて私なりに分析している。

生後すぐにダウン症の専門医である医師に面談した時、妻は医師に「この子は本が読めるようになりますか?」と尋ねた。医師は「わかりません」と答え、それを聞いた妻が涙をこぼしたことを今でもよく覚えている。「本が読めたら、広い世界を知ることができる」「一緒に本が読めたらどんなに楽しいだろう」と妻は思っていたのである。しかし、静香がどのように成長するのかは、その時点では誰にもわからなかった。

話せるようになるだろうか、本が読めるようになるだろうか。さまざまな不安を抱えながらの子育てではあったが、静香と話がしたい、静香の気持ちが知りたい、一緒に笑い、一緒に楽しみたい、そんな気持ちが妻の子育ての原点だったように思う。

その一方で、私は、大学時代に出会った知的障がいのある方が、言葉を話せず文字の読み書きもできなかったので、知的障がいというと、そうしたイメージを強く持っていた。なので、静香の知能面を考えるよりも、ともかく元気で楽しく生きてくれればいいという思いのほうが強かった。けれども、その後ダウン症に関する本を読んだり、早期療育の大切さを知ってからは、もしかしたら本が読めるようになるのでは、話せるようになるのでは、とかすかな期待を持つようになっていった。

とはいえ、学習面については、私は何をどう教えたらいいのかわからず、特に小さい頃の静香に教えるのはたいへん難しいことであった。静香はどんなことでも習得するのにものすごく時間がかかり、そのうえ言葉の理解や手先の不器用さなど、さまざまな場面で困難があった。具体的にどのように教えればよいのかわからなかった、というのが正直な気持ちであった。

赤ちゃんの頃、私たちは声を発した静香に喜び、一歳になると、わんわんという言葉を発した静香に感動した。いろいろなことを記憶し、言葉を話し始めた静香を見た時、今まで勝手に思い込んでいた知的障がいというイメージが変わっていった。「記憶できる。理解できる。感動している。笑っている。考えている。」、静香にはそのような能力が備わっていると確信した。言葉や文字を教えることから始まり、現在は世界の文化や歴史、地球の成り立ちや生き物の生態、英語など、静香は妻とともに多岐にわたって学習をしている。

知的障がいというと「何もわからない、よく理解できない」といった印象を受ける方も多いかもしれないが、決してそうではない。それは静香に限ったことではなく、知的障がいのある方々一般にも言えることではないだろうか。確かに理解するのに時間がかかることもあるし、ひとつのことを理解するために何度も何段階も手順をふまないと理解に到達しない場合も多い。しかし、逆に言えば、時間と手順をふみ、教え方を工夫すれば、いろいろなことを学ぶことができるのである。

「知的障がいのある人は、こちらが言っていることが理解できないだろう。難しいことはできないだろう」と思い込んでいる人たちは、彼らに何かを教えようとはしない。教え方がわからないという人もいるだろう。

しかし、教えることを止めてしまったり、あきらめてしまったら、その時点で知的障がいのある人の学びは終わってしまう。それは、知的障がいのある人本人にとっても、保護者など、周囲にいる人たちにとっても残念なことである。いろいろな能力を持っているのに、周囲の無理解のために、学ぶ機会が奪われているのだとしたら、あるいは、能力が伸ばせなかったばかりに、何もできないと思われ、周りの人たちもあきらめてしまったのだとしたら、それはどんなに悲しいことだろうと思う。

本書は、静香の学習という一事例ではあるが、読者の方に知的障がい児が学ぶことの大切さや楽しさを知っていただき、知的障がいに対する偏見や固定観念を変えていっていただければと思って書いたものである。知的障がい児の教育は当然本人の努力だけではどうにもならない。といっても、親だけが担うことも大変である。そういう意味で、本書は知的障がい児を持つ保護者だけでなく、知的障がい児の教育に携わる方々にも、ぜひお読みいただきたい。

第一章

学びの実情

✻──心を育てる

静香の出生時から、小学校五年生頃までの育て方については、前作『「ホーホー」の詩ができるまで─ダウン症児、こころ育ての10年』（二〇一五年、出窓社）で紹介した。今回はそれ以降の静香の子育て、特に学習面について紹介したい。前作の副題にある心育てという基本は今も同じである。心がすくすくと豊かに育つように、静香の自由な発想や素直な気持ちに共感し、たくさん感動し、たくさんおしゃべりをして、笑顔で生活を送れるよう心がけている。

静香が小学校の高学年になってからは、知らないことを学びたいという気持ちや、新しいことにチャレンジしたいという気持ちが芽生えてきたので、そうした気持ちに寄り添い、一歩ずつでも前に進んでいけるようにサポートしてきた。いじけることのないように、失敗経験をできるだけ少なくし、達成感、できた感をもたせるように工夫することも、赤ちゃんの時から同じである。難しい問題ばかりさせるのではなく、知っている知識と新しい知識を組み合わせながら学習したり、興味のあることを学習するなど、学習意欲が失われないように、さらには次のステップにつなげていけるようにさまざまな工夫をしてきたのである。

新しいことを知るたびに「へー」「すごいね！」「おもしろいね！」と心を動かす静香を見ると、学びもまた心育てであると感じる。小さい頃の心育ても現在の心育ても静香の心に寄り添うという点では同じであり、静香の心が豊かに育つという点においても同様なのである。

❊――支援学校中学部入学

もともと私たちは静香を地域の公立中学校の支援学級に行かせようと考えていたし、静香自身もそのように思っていた。しかし、体験入学に行ってみると、想像していた環境とはまったく違っていたのである。まず支援学級の教室だけが北向きの狭く暗い部屋であることに驚いた。さらには、担任の先生にダウン症の知識がまったくないことや、小学校のような工夫された丁寧な指導がされていないこと、交流授業もほとんどないことなど、あまりにも小学校とは違う雰囲気に私たちは戸惑いを感じた。

体育の体験授業で、静香は体育館を走ることになったのだが、初めてのことにたいへん不安を感じた静香は、横を走っていた副担任の先生の手をつなごうと手を差し伸べた。

しかし、副担任の先生は静香が伸ばした手を無言でふりはらったのである。

支援学級の生徒が男子しかいないことや人数が少ないことも支援学級入学をためらう要因ではあったが、このような経験から、静香も私たちもその中学校に行くことにたいへん不安を感じるようになり、支援学校への入学を検討することにした。

後日、支援学校の見学を行ない、校長先生と話をすることができた。校長先生はダウン症に関する知識もあり少し安心した。その後、支援学校の体験入学に参加したのだが、先生たちはみな笑顔で活気があり、支援学級とはまったく雰囲気が違っていた。そのとき静香を見てくれた先生はとても優しく、静香が不安にならないように寄り添ってくれ、静香ともいろいろ話をしてくれた。教室も南向きで明るく、きれいな施設であった。体験入学のあと、静香は「ここに行きたい」と支援学校への入学を希望した。

静香は新しい環境に慣れるのにとても時間がかかるので、中学から高校までの六年間同じ学校に通ったほうが、静香にとっても安心であろうという思いもあり、支援学校への入学を決めたのである。（くわしくは、「親の立場から考える就学支援——インクルーシブ教育に対する提言」『発達障害研究』38⑶ 292～301頁を参照してほしい。）

教科学習がない

入学前の進学相談で、支援学校ではカリキュラムの中に国語や数学といった教科の時間は設定されていないが、それぞれの生徒の課題に合わせてそれらの教科の内容を学ぶ時間はある、と聞いていた。しかし、実際入学してみると、教科学習はほぼ行なわれていなかった。国語、数学（静香のレベルでは小学校の算数だが）、理科、社会について新しい知識を教えてくれる授業がまったくなかったのである。ひらがなや漢字が書ける生徒や、足し算、引き算ができる生徒も少なからず在籍しているにもかかわらず、小学校のような授業時間が設定されていないのは不思議だった。いろいろ聞いてみると、京都市独特の教育プログラムのようである。

週のうち一時間だけ、教科学習的な時間があったが、授業といえるほどのものではなく、問題プリントを自習的に解くような授業で、新しい知識は何ひとつ教えてもらえなかった。学校は「個別の包括支援プラン」というものを作成し、担任の先生と保護者との話し合いで親の意向がそのプランの中に盛り込まれることになっているが、文章として盛り込まれているだけで、あまり実効性がないように感じた。

運動、アート、音楽、校外へ出かける練習をするような授業など、ほとんどの授業は、それぞれユニットと呼ばれるグループで行なわれる。ユニットは中学部の一年生から三年生までのさまざまなレベルの生徒たちが六、七人ほど組み合わされている。それぞれの授業でちがったユニットが作られていて、生徒たちは授業ごとにメンバーが変わる。週二日、計四時間行なわれるワーク・スタディという名の作業学習では、陶芸・刺繍・園芸・紙工などの作業をする。これもユニットで行なわれる。ワーク・スタディは同じ作業が長時間続き、しかも一年間ひとつの種類しか経験できない。実際に、「子供が飽きてしまった」「いろいろな作業が経験できれば良いのに」といった声が保護者から聞こえる。どの授業もさまざまな障がいのある、さまざまなレベルの子供たちが一緒に授業を受けるため、どうしても簡単な内容になってしまう。難しいことを教えると、みんなで取り組めないからである。

✼――お母さん授業

小学校の支援学級では、国語、算数、理科、社会など、いずれも丁寧な指導が行なわれていた。おかげで静香も漢字が書けるようになり、掛け算、割り算もできるようになった。そのようにして、ゆっくりではあるが、教科学習を続けてきたのに、このままの状態では学習の継続ができないのではないか、とたいへん心配になり先生に相談した。先生曰く、「中学校の支援学級と違い、支援学校では教科学習は行なわない」とのことであったが、交渉の結果、朝の「個別課題」という二〇分くらいの時間に漢字や算数のドリルをしましょうということになり、学習を開始することになった。

ところが、教えるのは国語や数学の専門の先生ではなく、そればかりか、市販のドリルをさせるだけの時間になっていた。しかも、指導には特に工夫も見られず、静香の学習は進まなかった。もっとも困ったのは、あんなに大好きだった学習への意欲を静香が失っていったことであった。

そこで妻は家庭で静香にいろいろなことを教える、「お母さん授業」なるものを開始したのである。もともと小学校で「放課後まなび教室」に通っていた静香のために妻は問題プリントを手作りしていた。「放課後まなび教室」とは、小学校の放課後二時間くらいの間、図書室で自習をする時間である。在室している先生は、子供が難しくて困った時だけ教え、基本的には子供たちは家からドリルなどを持ってきて自習をする。静香もこの「放課後まなび教室」が大好きで、小学校二年生の時から週に二、三回通っていた。静香は妻手作りの問題プリントを十枚ほど持って教室に行き、時々先生に教えてもらいながら一人で一生懸命取り組んでいた。ちなみに、この「放課後まなび教室」で出会った児玉幸子先生には、中学生になってからも月に一度静香の学習を見てもらっている。そこでも妻の手作り教材を使っている。このような経験から、妻は、静香の興味やレベルに合わせた教材を作ることに慣れていた。こうして、静香がもう一度学習意欲を取り戻せるようにと、今まで以上に趣向をこらした教材を作り始めたのである。

——支援学校の課題

これまで支援学校に通う生徒は重度の子供たちが中心で、未だにそうした意識を持っている先生たちも多く、発達指数で子供の能力を判断する傾向もある。しかし、近年では支援学級が適当と判断された子供たちが支援学校に多く通うようになってきている。その理由のひとつは、発達障がいなど比較的軽度の障がいのある子供たちが支援学級や支援学校高等部の職業学科に通うようになり、従来よりもレベルが高くなって、今までそこに通っていたような子供たちが進学できなくなっている状況がある。このように支援学校の生徒の質が徐々に変わってきているにもかかわらず、学校の授業体制やカリキュラムはその変化についていっておらず、改善のスピードも遅いように感じる。

中学二年生になると私たちが要望をしたせいか、二時間ほど教科学習の時間ができた。しかし、あいかわらず教えるのは専門外の先生で（社会の先生が国語や英語を教える状態）、新しい知識は何ひとつ教えてはくれず、既に知っていること、できることしか学習させてもらえなかった。おまけに三ヶ月以上も毎回同じ内容なのである。先生に任せておくと一年間同じ授業内容が続くようだった。先生に尋ねると、「同じことを繰り返すことによって学習を定着させる」との答えが返ってきた。先生の思いとは裏腹に、帰宅した静香の口から「授業が楽しかった」という言葉はほとんど出てこなくなった。

さらに、授業内容について静香がたいへんストレスを感じ、学校へ行く意欲さえ失っていった。そうした状態を放っておくことはできないと思い、見るに見かねて、二年生の後期から、先生と交渉したうえで、妻が作った問題プリントや教材を学校に持って行かせて、「個別課題」の時間や授業で、そのプリントをするようにしてもらうことにした。プリントの内容は歴史・生物の生態・英語・国語・算数・地理・世界の文化など多岐にわたり、なかには先生でも知らないようなこともたくさん含まれている。そのため、先生は静香に説明したり丸つけをすることができないことが多々あり、結局、静香は学校では自習のような形で手作りプリントの問題を解いている。帰宅してから妻が丸つけをして、間違ったところは一緒に考えたり、書き直したりしているのである。中学校の先生はそれぞれ専門があり、小学校の先生のようにすべての教科を教えるだけの知識やノウハウを持っていない。つまり、現状では残念ながら静香に算数や漢字、社会や理科を教えられる先生はいないのである。

中学三年生になると、二年生の時にあった英語の時間がなくなってしまった。二年生の英語の授業は静香には簡単すぎる内容であったが、それでも単語のカードを使ったゲームなどをして楽しかったようである。しかし、教科学習の時間はまったくなくなり、教科学習をするのは個別課題の時間のみとなった。そのため、妻は今まで以上にプリント作りに追われている。英語については後述するが、家で週に二、三度私が授業を行なうことになった。

現在日本では、小学校から大学までキャリア教育が進められているが、それは障がいのある子供たちも対象となっており、支援学校でも同じである。静香のような生徒の高校卒業後の進路は、企業や就労移行支援施設・就労継続支援施設等にほぼ絞られていて、それ以外の進路は想定されていない。また、学校では、「生きる力」を伸ばしていくといった目標が掲げられている。そのような目標は間違ってはいないと思うが、学校が考える「生きる力」のなかには知識や教養を身につけることは入っていないようである。

知的障がいのある人の学習意欲・知的好奇心

私はこれまでの静香の学習姿勢を見て、静香の学習意欲や知的好奇心、探究心がいかに強いかを実感している。また、工夫さえすれば時間はかかってもさまざまなことが理解でき、記憶し、知識をつなぎ合わせ、考えることができることも見ていてよくわかる。静香自身ももっと新しいこと、知らないことを知りたいと思っているし、学ぶことを喜び、知識を持っていることがうれしいと感じている。

それなのに、知的障がいがあるからといって、これ以上学習する必要がないといわんばかりのカリキュラムはどうしても納得がいかなかった。「障がいのある子供にはこうした授業で十分」という固定観念が強すぎるのか、障がいのある子供の能力を見誤っているように感じる。できないだろう、わからないだろう、興味がないだろう、と先生たちが思い込み過ぎているように見えるのである。もちろん、そうした先生たちだけではないと付け加えておきたいのだが、全体として見た場合には、そういう傾向が見えてしまうのである。

知的障がいがあったとしても、学びたいと思っている子供たち、学ぶことができる子供たちはたくさんいるはずである。なによりも知識や教養を身につける機会をもっと与えるべきであろう。教育をすることが基本中の基本である学校が、職業訓練の場であってはならないと感じている。そのようなことを考えるにいたり、知的障がい（児）者にとっての学びの大切さや、知性と教養を身に付けることの意味を日々考えるようになったのである。

✼——教科書がない

小学生の頃から静香にはいわゆる普通の教科書というものが配布されない。そのかわり、図鑑や絵本などが渡されている。家で教えるといっても、教科書がないので、何をどのような順番で教えていけば良いのか、どのような内容の学習があるのかすらわからず、必要に応じて夫婦で考えて学習を進めてきた。

小学校五年生の頃、知り合いからいらなくなった教科書をもらい受けた。そこでようやく国語の教科書に掲載されているお話を読んであげたり、わかりやすく書かれた掛け算のイラストを見たり、理科の教科書に載っている写真を見て話し合ったりと、教科書を活用した学習をすることができた。静香はもらった教科書を何度も楽しそうにペラペラとめくりながら見ていた。

中学生になっても教科書がないのは同じだった。小学校と同様に絵本類が配布されたが、それらの本は、カタカナの書き方や歌の絵本など、静香が幼稚園の頃に使っていたような本ばかりで、しかも学校では一度も使用されなかった。

中学の教科書については、一般の中学校で使われている歴史と地理の教科書を知り合いからもらい受けることができた。最近の中学の社会科の教科書にはたくさんの写真が載っており、静香はそうしたさまざまな写真にとても興味を持ち、「これは何?」と一つひとつ尋ねるのである。そこで妻は教科書をベースに図鑑や本も利用しながら静香と一緒に教材や本を作り、それらを活用して静香に教えることにしたのである。教科書の文章は静香が読むには難しすぎるが、必要な情報だけをわかりやすく書き直し、教材を作ると楽しく学ぶことができる。効率よく教えていくためには、静香用の特別の教材が必要なのである。

学習ドリルなどもたくさん市販されているが、それらは具体的な絵やイラストが少なく、静香の興味を引かない内容が入り混じっている。そのうえ、静香は何度も同じことを重ねて学習する必要があるので、ドリルだと一回やると終わってしまい、三度、四度と学習することができない。「何度も同じことを学習する必要がある」と書いたが、これは同じドリルを何度もすれば良いということではない。静香は同じ問題ばかりだと飽きてしまうので、たとえば、漢字カードを作って組み合わせたり、選択方式にするなど、同じ漢字を答えるにしても問題の出し方を変えないと楽しく学習してくれないのである。歴史や地理など内容が難しくなってくると、ドリルも当然ものすごく難しい内容になってきて、とても静香が楽しんで学習できるものとはなっていない。

こうした理由から、妻は第三章以降で紹介する手作り教材を作り始めたのである。

妻が作る教材は静香のためだけのいわば特注の教材である。静香は次々作られる教材に目を輝かせ、現在はまた学習する楽しさを思い出し、日々意欲的に学びに取り組んでいる。静香用の教材ではあるが、汎用性《はんようせい》は高いと思っている。それぞれの子供に合わせた教材を作るのは、手間暇がかかることだが、基本的な部分は同じだと思う。そうした教材を作ろうと考えている方々にとって、少しでも参考になればとの思いから、本書で詳しく紹介してみたい。

第二章

学びの意義

知的好奇心

「これは何？　どうして？」人は知的好奇心・知的探求心のかたまりである。それは知的障がいがあるとしても同じである。人は生まれた瞬間から知的探求が始まっている。赤ちゃんは、抱っこしてくれる人をじっと見つめ、パパ、ママなどの言葉を覚えていく。誰なのかを知りたい、名前を知りたいと思う。動物園に行きたい、水族館に行きたいという気持ちも同様である。見てみたい、知りたいという気持ちは、人にとって生涯失うことのない欲求ではないだろうか。重ねていうが、それは知的障がいのある人であっても同じなのである。

多様性を知る

静香にさまざまな学習をさせる目的のひとつは多様性の理解である。時間的な広がり（歴史）と空間的な広がり（地球・宇宙）を学び、文化の多様性、宇宙の広さ、歴史の長さを感じることで、広い視野、柔軟な思考、多様な価値観を学んでほしいと思っている。こうでなければいけない、これしか道がない、というのではなく、多角的に物事を捉える見方や、さまざまなアプローチで物事を考える方法を学んでほしいのである。私の専門の文化人類学の立場から言えば、多様な考え方、人びとの多様な生き方、グローバルな価値観や文化固有の価値観を知ってほしいと思う。それらは静香の人生を豊かにするだけではなく、今後の人生で何かを選択する時、決断する時、さらに、さまざまな人と関わって生きていくうえでも、必ず役に立つと確信している。

❊――グローバル化の時代

インターネットの利用や外国の人たちとの関わりが増える中、これからの時代を生きる静香のような障がいのある子供たちも、世界を知る必要があるだろう。さまざまな宗教、外国の食べ物、外国の文化、それらを理解することは、そこに暮らす人びと、そして日本に住む身近な外国人を理解するうえで大切なことである。また、グローバルな価値観、すなわち基本的人権や教育の重要性など全世界で共有されている価値観と、それとは反対にそれぞれの文化が持っている固有の価値観など、それらを学ぶことも必要であろう。知的障がいがあるとしても、社会の一員として、できるかぎり今の時代の常識を理解する必要があると考えている。

障がいがあると、学校や就職先などの選択肢がどうしても狭くなる。また、それに応じて出会う人や関わる人も限られてくる。体力や体の特性などから、出かける場所や体験できることも限られてくる場合もある。けれども、これからの時代は障がいのある人たちも今よりもっと社会に出ていくであろうし、それにともなってより多くの人たちと関わり合って生きていくことになるであろう。そうなってほしいと願っているし、おそらくそうなっていくと思う。そのような未来を見据えた時、広い世界を知っていること、つまりグローバルな感覚やさまざまな知識はきっと役に立つであろう。

静香が生きていく時代は、私たちが生きてきた時代とは違うのである。私たちの世代の感覚で静香の未来を考えないことが大切であると思っている。どんな未来が待ち受けているかは誰にもわからない。だからこそ、新しい時代を生きる子供たちには、新しい感覚、すなわちグローバルに共有されている価値観を教えていくことはたいへん重要であると考えている。これからは、従来の常識や価値観にとらわれず、新しい価値観と感覚を持って生きていってほしいと願っている。

——人生を豊かに

知的障がいのある子供に学習など必要ない、役に立たないと思われるかもしれない。学習よりも着替えや歯磨きなどの身の回りの自立、立ち仕事や長い時間働くための体力づくりのほうが大切であると思われるかもしれない。実際に作業所などではそうしたことが要求されるし、作業所などの就労先から学校に対してそのような要望もあると聞いている。

しかし、働くだけの日々では、誰でも心はいつか折れてしまう。働く時間と同じくらい、いやそれ以上に働いていない時間が大切なのではないだろうか。つまり、余暇の時間をどう過ごすかということも、働くことや人生に大きな影響を与えるのである。テレビを見たり、音楽を聞いたり、買い物に行ったり、博物館や動物園に出かけるなど、誰しも余暇の時間は何か興味のあることや楽しいことに時間を費やす。その時にそれらを楽しめる知識や教養があれば、より心豊かに、より有意義な時間を過ごせるのではないだろうか。

また、政治や経済、法律など自分たちが生きている社会の仕組みについての知識も必要であろう。選挙に行ったり、税金を払ったり、年金をもらうなど、社会の一員としての自覚を持つためにも、ある程度の知識を持っていたほうがより良いであろう。さらには、災害や病気、世界の情勢など、幅広く知識を有し、正しい価値観や考え方を身につけることも大事なことであろう。知らないということは不安につながり、逆に知っていることは安心につながるのである。

先に少し触れたが、現在、知的障がいのある人が支援学校等の高等部を卒業した後の進路はほぼ就労に限られており、大学等へ進学して教養を身につけるといった選択肢は一部の人を除けば、ほぼ皆無である。また、中学部以降の学校教育においても、就労へ向けての訓練的な授業が多く、知識や教養は身につかない。これは大きな問題だと考えている。

働くということは、多くの人と関わり、社会と関わりながら生きていくことである。一般的な常識や教養を持つこと、さらには社会で起こっている事象について理解することは、社会人として当然のことであろう。それは、知的障がいのある人であっても同様である。毎日職場へ行って労働をするだけではなく、社会の中で自分が果たしている役割や意義を理解したり、職場の人たちといろいろな会話をするなど、いずれにしてもさまざまな知識を持っていたほうが、より有意義により楽しく日々を過ごせるのではないだろうか。作業の手順を覚えたり、立ちっぱなしの作業に耐えられる体力を養ったり、長時間同じ作業をする退屈さに耐える訓練も大切であろうが、それと同じくらいに内面を磨くこと、すなわち知識や教養を身につけることは大切なのである。

仕事には出かけず、あるいは、仕事をしながら、アート制作や音楽活動、ダンスなどをされている方も同様である。それこそ表現活動をされている方にとって、知識や教養、心の豊かさは作品そのものに影響を与えるであろう。また、芸術活動をされている方も決してひとりで活動しているわけではない。サポートしてくれる人や作品を見に来てくれる人たちと関わることが、表現活動の楽しさの一側面であろう。そう考えると、学ぶことは決して無駄ではないのである。逆に、学ぶ機会や時間を奪うことは、罪なことのように思えてくる。

先にも述べたが、知的障がいがあっても知的好奇心や知識欲といったものがあるということを考えれば、学ぶこと、つまり知らないことを教えてもらうことは何よりもうれしいことなのである。彼らは私たちと同じようにいろいろなことを知りたいし、知らないことを教えてもらいたいと思っているのである。

学びの効果はすぐ目に見えてはこないし、一生目に見える形で出てこないかもしれない。けれども学びの中で得た感動や知識、努力や思考は心を豊かにし、その豊かな心はその人の人生をも豊かにするものであると確信している。

❀——インクルーシブ社会へ

現在、知的障がいのある方ですばらしい芸術作品をつくっておられる方が少なからずいる。そして、そうしたことは、テレビや新聞等でも取り上げられ、知的障がいのある人の能力が社会に認められつつある。しかし一方で、知的障がいのある人が取り上げられるのは芸術面であることがほとんどであり、彼らの知的能力について取り上げられることはほとんどない。

今後、知的障がいのある人たちを対象とした学びの場が広がり、彼らが学習意欲を持っていること、知的好奇心があること、そして物事を理解し、考える能力を持っていることを、もっと社会に知ってもらうことは大切であると考えている。知的障がいのある人は何もわからないだろう、という偏見をなくすためにも、彼らの真の能力を社会に知ってもらいたいと考えている。

学校教育においても同様で、丁寧で工夫した教科学習を行ない、彼らが知識や教養を身につけられるよう指導し、それを地域の方々に見てもらうような取り組みをしてもらいたいと願っている。そのような取り組みによって、知的障がいのある人たちに対する見方が変わっていくであろうし、彼らの本当の姿を理解してもらえると思う。そして、そうした周りの人びとの認識の変化こそが、障がいのある人とない人が共に生きられる〝インクルーシブ社会〟の実現への一歩だと考えている。

手作り教科書『せかいのずかん』『気候区分と動物』『惑星』『世界遺産』『世界の文明』『中国の歴史』『オーケストラと楽器』『日本のどうぶつ』
妻が静香のために作った手作りの教科書は、静香の今後の人生を豊かにするために、さまざまなテーマをとりあげている。静香は、学習が終わった後も、一人でこれらの本を読んだり見たりして楽しんでいる。静香は表紙の字に色を塗るのが好きである。

第三章

学びの工夫

先に知的好奇心は誰しも持っていると述べた。ただし、知的障がいがある場合、その欲求や要望を言葉でうまく伝えられないことも多い。静香の場合も言葉の発達がゆっくりなので、小さい頃はうまく伝えられないことも多かった。楽しいのか、興味を持っているのか、不思議に思っているのか、何を知りたいのかなど、言葉ではほとんどわからない。そのため常に表情や行動をよく見ることが大事であった。

幼稚園くらいになると筆記用具を持ったり、言葉を話せるようになったが、具体物を描いたり、気持ちをうまく伝えるという段階には至っていなかった。そうした静香に何かを教えるのは簡単なことではない。ひと工夫もふた工夫も必要であった。まず、その当時の静香には、口で説明したり、文字で説明しただけでは理解できないという困難があった。そのうえ、集中力が五分と続かなかったり、少し難しいとすぐにやめてしまったり、怒り出したり、興味がないと振り向きもしないのである。

そのかわり、静香は見たものを覚える力が優れているようだったので、小学校に入ってからは視覚に訴える学習の仕方を重視した。飽きないように、退屈しないように、小さい時は特に楽しく、クイズ形式やゲーム形式などの遊びの要素を取り入れて学習を進めていった。すでに理解できている内容を半分以上入れて、まだ知らない新しい内容を少し加えるような学習方法を繰り返し、繰り返し行なったのである。

妻は達成感やできたという満足感が感じられるような問題や教材を作ることを心がけていた。達成感は次へのステップ、意欲につながると考えたからである。

中学生になると、知識を得ること、すなわち学ぶことの楽しさがわかり始め、「漢字検定に合格したい」などという気持ちも出てきたので、目標を定めた学習や少し難しい内容を取り入れていった。

手作り図鑑　大きくて分厚い図鑑を静香が一人で読むのは難しかったため、児玉先生にいただいた『せかいの図鑑』（2016年、小学館）からきれいな写真やかわいいイラストをカラーコピーして切り抜き、手作り図鑑を作った。児玉先生との学習の日に図鑑を見ながら問題を解いた。丸つけをしてくれたのは児玉先生である。

何を教えるのか

一言で言うと、興味を持っていることを教えると学習が進みやすいのである。

静香は『せかいちずのえほん』（二〇一一年、金の星社）や『にほんちずのえほん』（二〇一一年、金の星社）、動物や宇宙に関するこども図鑑が大好きで、毎日小学校から帰ってくると声を出して何度も読んでいた。どれもカラフルでかわいいイラストが書いてあって、文章はひらがなだけなので説明が簡単である。分厚い図鑑ではなく、薄く小さい本で、力の弱い静香にも扱いやすい。

それらの本には以下のような内容が書かれている。世界の山や川、海の名前、さらにはピラミッドやエッフェル塔、万里の長城などの世界の有名な建築物、そしてチマチョゴリやサリーなどの民族衣装やポトフ、パエリアなどの外国の料理、きりたんぽやてっちりなど日本の郷土料理やねぷたやなまはげなどの祭り、動物がどこに住んでいるのか、何を食べているのかなどの生態や太陽系の惑星の特徴、星座にまつわる話など。どれも私たち大人でもワクワクするような内容である。

ひとりで読んでいるうちに名前や地名などたくさんの情報を記憶し、知識が蓄積されていったように思う。中学に入ってからは日本史や世界史、地球の歴史に強い興味を持つようになり、「なに?」「どうして?」「なぜ?」という質問がつぎつぎと生まれてくるようになった。

こうした強い興味や好奇心はどこから生まれたのだろうか。静香が外国に興味を持っているのはやはり家庭環境が大きいのかもしれない。私が研究のためのフィールドワークでしばしばマレーシアに出張に行くことや、洋画家であった静香の祖父が世界中を旅して、各地の風景や世界遺産を描いていたことも影響を与えているだろう。家には数多くの油絵を飾っているが、そのすべてが外国の風景である。私や祖父から外国のお土産をもらうことも多かったし、家に外国のものがたくさん飾られていることも影響しているのかもしれない。

宇宙に興味を持ったのは、なぜだろうか。心当たりのひとつは、よく満月を見に出かけたことかもしれない。京都の大文字《だいもんじ》山から出てくる大きな満月を見に、何度も京都御所に足を運んだ。黄色に輝く月が山の上から顔を出す瞬間や、赤く染まった満月が上昇していく様子は、きっと静香に感動を与えたに違いない。月食や日食を見たこともあるし、旅先で夜に星空観察に出かけたり、望遠鏡で月や星を見たり、星座の話をしながら夜空を見上げることも多かった。

動物や魚に興味を抱くようになったのは、小さい頃から動物園や水族館によく出かけたことがきっかけであろう。京都はもちろん、名古屋、三重、大阪、静岡、神戸など他府県の動物園・水族館にも足を伸ばし、これまでたくさんの動物や魚を見てきた。静香は特に大きな動物や魚に目を奪われ、ゾウやジュゴン、ベルーガ、エイなどを長い時間見ていることが多かったが、何よりも静香が気に入ったのはフクロウであった。

歴史に興味を持ったのは、これも小さい頃から休日に家族で京都や奈良の寺や神社、博物館に行くことが多かったからかもしれない。ある時、百人一首を始めたことも一因であろう。最初は仏像や百人一首の絵柄がおもしろかったのかもしれない。そして徐々に仏像が作られた時代、百人一首に出てくる詠《よ》み人が生きていた時代、それはどんなだろう？　と興味を持ったのかもしれない。実際に奈良県の明日香《あすか》村を歩いた時には、自分が住んでいる京都の街とはまったく違った雰囲気にとても感動し、「いいところだねー」と何度も言っていた。「あれが百人一首に出てくる天《あま》の香具《かぐ》山《やま》だよ」と教えてあげると、とても感動した様子で、じっとその山を見つめていた。

中学校に入学した頃、妻が『せいめいのれきし』（一九六四年、岩波書店）という本を静香に読んで聞かせてみたところ、とても興味を持ち、その後何度も自分で読むようになったが、ある日こつこつと本の全文をノートに書き写し始めた。そして、何週間もかけて最後まで全文をノートに書いたのである。何がそれほどの興味を引いたのかわからないが、大昔の話や歴史に興味があるのは確かなようだ。

小さい頃は花を見るだけ、動物を見るだけであるが、その時の感動はその後もずっと消えることなく、好奇心や探究心へとつながっていくのではないだろうか。ゾウやキリンなど動物の名前を覚え、鼻が長い、首が長いなどの特徴を知り、草を食べているのか、肉を食べているのか、虫を食べているのか、アフリカにいるのか、インドにいるのか、サバンナなのか熱帯の森なのかなど、終わりのない知的探究心はずっと続いていくように思う。

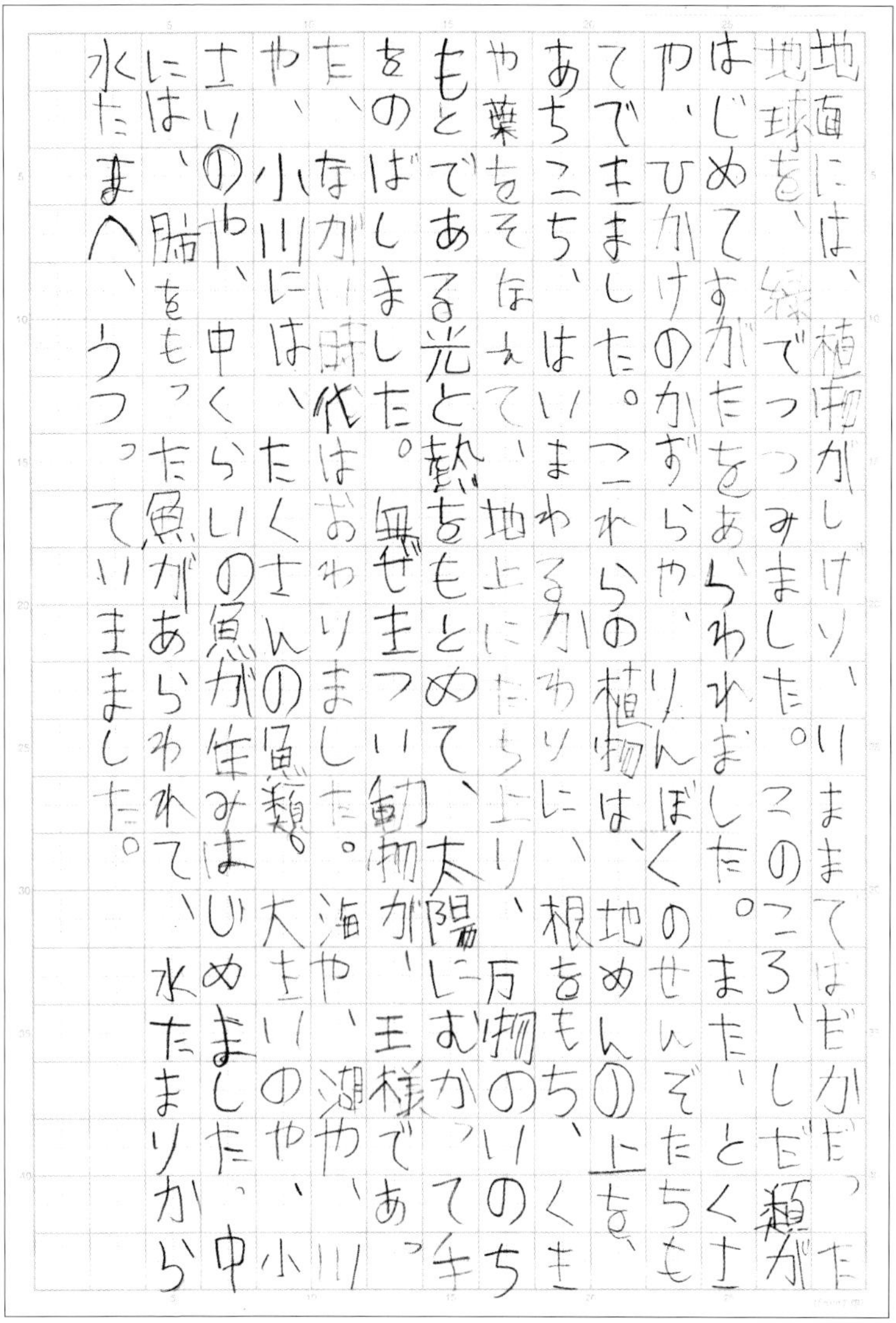
地面には、植物がしげり、いままではだかだった地球を、緑でつつみました。このころ、しだ類がはじめてすがたをあらわれました。また、とくさや、ひかげのかずらや、りんぼくのせんぞたちもてできました。これらの植物は、地めんの上を、あちこち、はいまわるかわりに、根をもち、くきや葉をそなえて、地上にたち上り、万物のいのちもとである光と熱をもとめて、太陽にむかって手をのばしました。無せきつい動物が、王様であった、ながい時代はおわりました。海や、湖や、川や、小川には、たくさんの魚類。大きいのや、小さいのや、中くらいの魚が生みはじめました。中には、脳をもった魚があらわれて、水たまりから水たまへ、うつっていきました。

静香が書き写した『せいめいのれきし』 この本を読んだ後、マンモスや恐竜、氷河期や人類の進化などにも興味を広げている。

❊――どう教えるのか

次に、このような静香の好奇心をいかにして満たしていけばよいのかということを考えてみたい。

それは、つまり、静香が興味を持っていることを、よりくわしく、よりわかりやすく教えるには、どのような工夫をして教えればよいのかということである。

その前になぜ工夫をしなければならないのかという理由だが、それはいくつかの困難があるからである。まず、静香の文章読解力や言葉で説明した時の理解力は、そう高くはないということがある。また、静香は興味のないことには見向きもしないという特性もある。簡単な言葉であっても、じっと話を聞くだけでは集中力が持たないし、退屈してしまう。おまけに何度も同じことを話すと飽きてしまう。タブレットＰＣで画像を見せるだけでは、一回きりの学習になってしまうので頭に残らない。そこで妻はいろいろと試行錯誤したのである。

妻によれば、教えるコツはいくつかあるそうだ。次章以降では、妻が考案した数々の教材や学習方法を私なりに整理して紹介していく。

第四章

学びの実践　その1

1 言葉を広げる

言葉を広げるというのは、語彙《ごい》を増やし、理解力と表現力を育むことである。何かを教えようと思うと、まずこちらの言うことを理解してもらうことが必要となる。さらに絵本や図鑑に書いてある文字を読むことができれば知識は増えていく。何を知りたいのか、何がわからないのかを、できるだけうまく相手に伝えることができればなおよい。

❊――ひらがな・漢字

ひらがなの練習を始めたのは幼稚園の頃だった。きっかけは、静香の手先が少し器用になって筆記用具が持てるようになったからかもしれない。しずかの「し」やいぬの「い」など簡単な文字をなぞることから始め、ノートや市販のドリルを使って少しずつ進めていった。ダウン症児は最初に間違って覚えると訂正が難しいという特性があると聞いていたので、間違えないようにかなり丁寧に教えた。同時に、表に「いぬ」「ねこ」などと書き、裏にイラストを書いたカードを作って、ひらがなを覚える練習をした。この場合、静香は「いぬ」という言葉を「い」と「ぬ」の組み合わせではなく、「いぬ」という文字の形で覚えていたように思う。次に、表に「いぬ」と書き、裏にイラストを描いて半分に切ったカードを作った。「い」と「ぬ」のカードを合わせて裏を見るとイラストが出来上がるというゲームである。その次には「いぬ」と書いたカードと「犬」と書いたカードを作り、組み合わせることによって漢字を教えていった。

静香が何かを習得するには想像以上に時間がかかる。もうやめようか、もう無理なのではないかと思うくらい長い時間がかかるのである。しかし、その中でも文字を覚えたり、文章を読み書きすることは比較的上達が早かったように思う。文字や漢字を絵として捉《とら》えているのかもしれない。見て覚える能力が高いので、数という抽象的な概念を理解するよりも、漢字という意味のある形を覚えるのは得意だったのかもしれない。

日　記

ひらがなを全部書けるようになってからは、文章を書く練習をするため、日記を書き始めることにした。最初は一日のなかで覚えていることをひとつ書くようにし、数字が書けるようになると、日付も記入するようにした。文章だけでは飽きてしまうと思い、絵日記にもチャレンジした。静香は自分で「たのしかった」「うれしかった」など、気持ちを表す言葉を入れるようになった。

小学校の高学年になると、一日の出来事を思い出しながら、順序立てて書けるようになった。中学生になった時には、自分の気持ちの他に、周りの状況や一緒にいる人たちの言葉や行動を入れるなど、ずいぶんと文章に広がりが出てきたように思う。

「てにをは」を間違えることが多かったが、最初は訂正せず、「上手に書けているね」と褒《ほ》めてあげた。当時の静香は何事も否定されることがものすごく嫌であり、小さな間違いをひとつでも指摘したら二度とやらなくなってしまうような子だった。そういう状況だったので、間違いを指摘しても受け入れてもらえそうな頃、あるいは、間違いが理解できるまで成長した頃を見計らって訂正したほうがいいだろうと考えていたのである。小学生の頃は、間違いを指摘すると拗《す》ねてしまって大変だったことがあったが、中学生になると、「わたしってばかねー」と言って、笑いながら書き直すようになった。

この春、中学三年生になったばかりの静香が書いた日記を紹介しよう。

（漢字および表現は原文のまま）

四月二日（月）

今日は朝から車にのって天橋立に行きました。高速道路で大江山がきれいに見えました。モノレールにのってビューランドに行きました。次に、かわらけをなげたのが楽しかったです。私とお母さんは、またのぞきはしなかったけど、お父さんはしていました。美しい天橋立と日本海が見えて良かったです。お父さんは廻廊を歩いて、景色を楽しんでいました。高い所から私たちの写真をとっていました。帰りの乗り物は、お父さんはリフトにのって下まで帰ってきました。ランチは昔の食堂で、鯛のかま煮定食を食べました。お母さんは、「身がやわらかくてとてもおいしい」と言っていました。海でとれる魚がとてもおいしいです。その後砂浜を歩きました。空気が気持ちよくて、空には、かもめがとんでいるすがたにあこがれました。波がザブーンとおしよせて来るような感じがあらわれました。砂あそびもしました。砂で絵をかきました。大好きなふくろうをかいて、「会いたいなあ」と思いました。海であそぶのは楽しいですよね。神社にも行きました。パワーストーンおみくじをしました。アメジストと、おみくじは大吉があたったのが嬉しかったです。最後におみやげを買いました。お母さんはもちごめの赤飯を、お父さんは、ちらしずしを買っていました。しんせんな野菜を買うと、おいしく食べられますね。海と別れるような一日が送れました。

日記を書かせた理由のひとつは、一日を振り返り、朝から何をしたのかを順序立てて考える練習のためである。これは、今後何かをする時に順序立ててものを考えられるようになるためでもある。また、日記を書くことにより、自分が何をしたのか、どんな気持ちだったのかなど、自分を見つめ返す作業もできる。静香は話すことより書くことのほうが得意のようだった。文章に書けることがそのまま上手に話せるかというと、話せないことが多く、それは難しいようだった。これは今でも同様で、スマートフォンのラインではとても細かく状況や気持ちを表せるのに、いざ話すとなると同じようにはいかないのである。そういう意味で、文章を書くことは静香にとって気持ちを伝えるツールとなっている。文章を書くことを積み重ねることで、話すのも上達するのではないかと思って、日記を続けているのである。

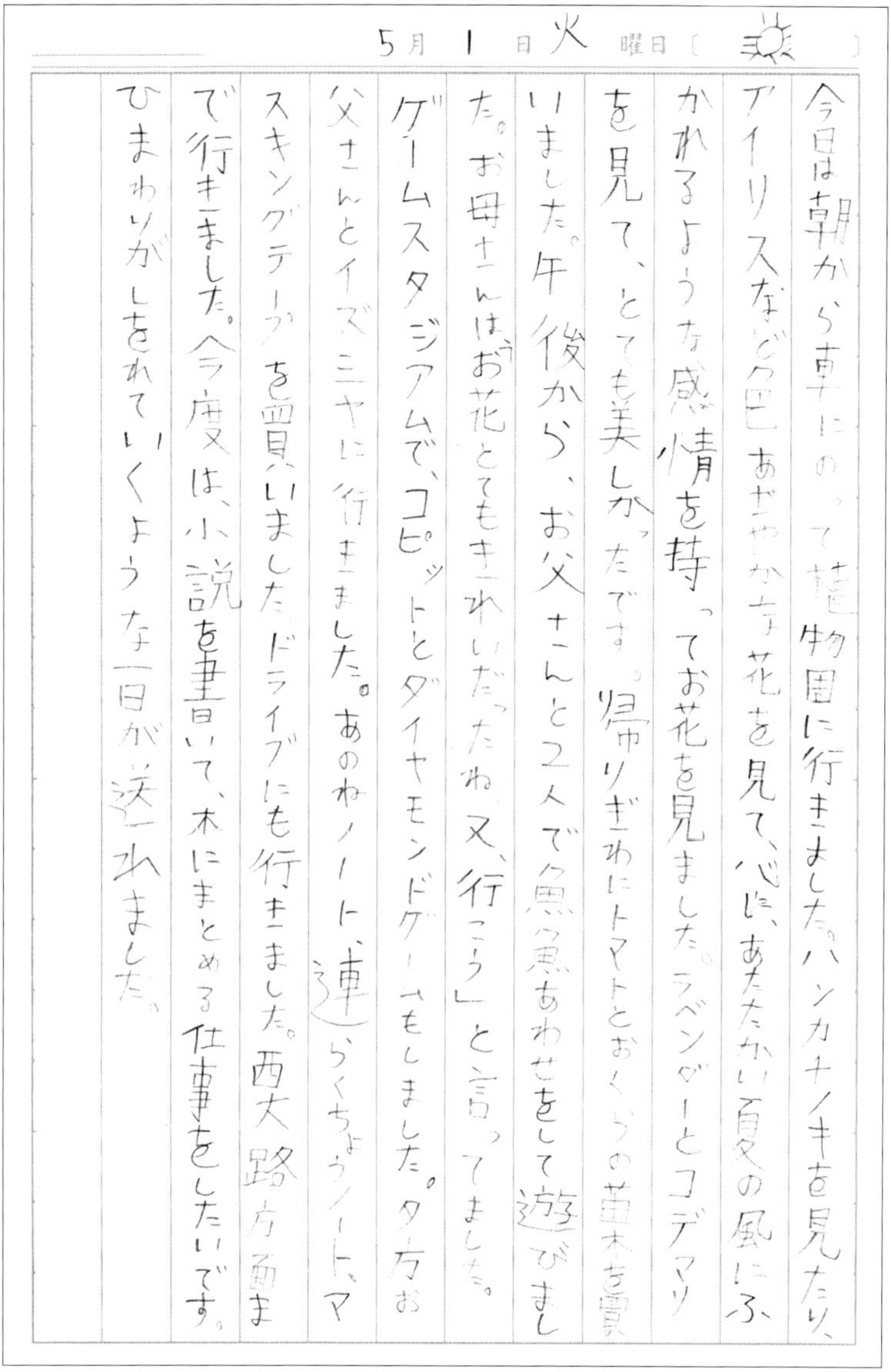
5月1日火曜日〔 〕

今日は朝から車にのって植物園に行きました。ハンカチノキを見たり、アイリスなど色あざやかな花を見て、心に、あたたかい夏の風にふかれるような感情を持ってお花を見ました。ラベンダーとコデマリを見て、とても美しかったです。帰りぎわにトマトとおくらの苗木を買いました。午後から、お父さんと2人で魚魚あわせをして遊びました。お母さんは「お花とてもきれいだったね。又、行こう」と言ってました。ゲームスタジアムで、コピットとダイヤモンドゲームもしました。夕方お父さんとイズミヤに行きました。あのねノート、連らくちょうノート、マスキングテープを買いました。ドライブにも行きました。西大路方面まで行きました。今度は、小説を書いて、本にまとめる仕事をしたいです。ひまわりがしおれていくような一日が送れました。

2018年5月1日の日記

❀――カタカナ

カタカナも小学校に入学してから学校で学び、並行して家でも練習していった。その後、妻は問題プリントを作った。

たとえば、「どうぶつのなまえをかこう」という問題では、**オ□ン・ウー□ン**というふうにして、□にカタカナを入れるようにする。それができるようになったら、最初の文字を隠すようにする。**□ラン・□ータ□**、というように。なぜかというと、最初の文字がわからないほうが問題の難易度が上がるからである。

その他にも、フルーツの名前、野菜の名前などいろいろなバージョンの問題を作っていた。最初は**パ□ナップ□**、次は**□イナ□プル**などとしたり、野菜であれば、**ブ□ッコ□ー**、次は**□ロ□コリ□**といったようにした。小さい「ッ」や「ー」の字を書く練習である。ただ単にカタカナを何度も書く練習だけではつまらないだろうし、これだと少し考えなければならないため、正解すると達成感が得られるのだという。静香はこうした形式の問題が気に入っていたので、この形式を活用しながら都道府県名の問題も作ったそうである。

たとえば、最初は、**和歌□県**など、静香が書ける漢字を□にして、漢字を覚えていく。その次に、□□**山県**などと、問題を難しくしていくのである。

✻――連想ゲーム・しりとり

小学校低学年の頃、お風呂に入りながらよく連想ゲームをした。「きいろ、フルーツ、細長い、これなーんだ」といった感じである。正解はバナナである。静香は、目の前にないことや口で説明しただけではイメージするのが苦手だと医師から聞いていたが、クイズが好きだったのか、この連想ゲームはとても楽しんでくれた。

寝る前には三人でベッドに横になって、長い時は静香が納得するまで三〇分くらいしりとりをした。静香が知らない単語をなるべく多く使うようにして、新しい言葉を聞かせた。**りす**（静香）・**するめ**（母）・**めんたいこ**（父）・**コップ**（静香）・**プレゼント**（母）・**とんび**（父）といった具合である。するめ、めいたいこ、とんびは、当時静香が知らなかった言葉である。

連想ゲームやしりとりは語彙《ごい》を増やすと同時に「考える」という練習の始まりだったのかもしれない。

❊──読　書

絵本の読み聞かせは、赤ちゃんの時から毎晩寝る前に欠かさず行なっており、低学年の頃は、静香が好きな本を選んで私や妻が読んでいた。

しかし、ある時から世界の名作童話シリーズや日本昔話を好んで選ぶようになった。本を読み聞かせる時は静香から質問がない限り、いっさい説明はしないようにした。静香なりにいろいろ考えて、感じて聞いているだろうから、余計なことを言わないほうがいいと思ったからである。私や妻の好き嫌いやものの見方、考え方を押し付けないように気をつけていた。あくまでも自由にのびのびと感性を伸ばしてあげたいと考えていたのである。静香は、二、三週間にわたって、毎日毎日同じ本を選ぶことが多かったが、これにはきっと静香なりの気持ちやこだわりがあったのだと思う。

小学校の高学年になると、静香が名作童話を私たちに読み聞かせてくれるようになった。いつも聞いていたからか、きちんと文節に区切って、間違わずに読めていたのには驚かされた。また、この頃から図鑑や世界地図、日本地図、星空に興味を持ち、それらの子供用のかわいい図鑑をよく読むようになった。

本を読むと新しい言葉を覚えるだけでなく、世界が広がり、想像力も豊かになるし、さまざまな感情に出会える。現実には経験できないことや見ることのできないたくさんのものを本は見せてくれる。当時静香は毎日何冊もの本を声を出して長時間読んでいた。その本の中に、何か知りたいこと、おもしろいことがあったのかもしれない。何度も読みたくなる何かが、その本にはあったのであろう。それが本の魅力である。

偉人伝

中学生になると、妻はマゼランやシュバイツァー、マルコ・ポーロ、ヘレン・ケラー、ベートーベンなどの絵本を古本屋で買い集め、たくさんの偉人伝の絵本を読み聞かせた。これらの本には全ページにカラフルでわかりやすい絵が描かれている。世界の文化や地理に興味のある静香は、話の内容に耳を傾けると同時にその絵をじっと見入っていた。偉人伝を読むことによって、広い世界にはさまざまな活動をしている人がいることを漠然とでも感じてくれればいいと思っている。これら偉人に関する本は、自身の困難を克服して人のため社会のために何かを成し遂げた人の物語である。感動したり、すごい！と思ったり、静香は何かしら心を動かされているはずだと思う。

内容的には少し難しい本なので、一度や二度読んだだけでは、すべてを理解してはいないだろうが、ベートーベンの曲を聞いた時、世界史を学んだ時、また自分から読み返してくれるだろうと思って、続けている。

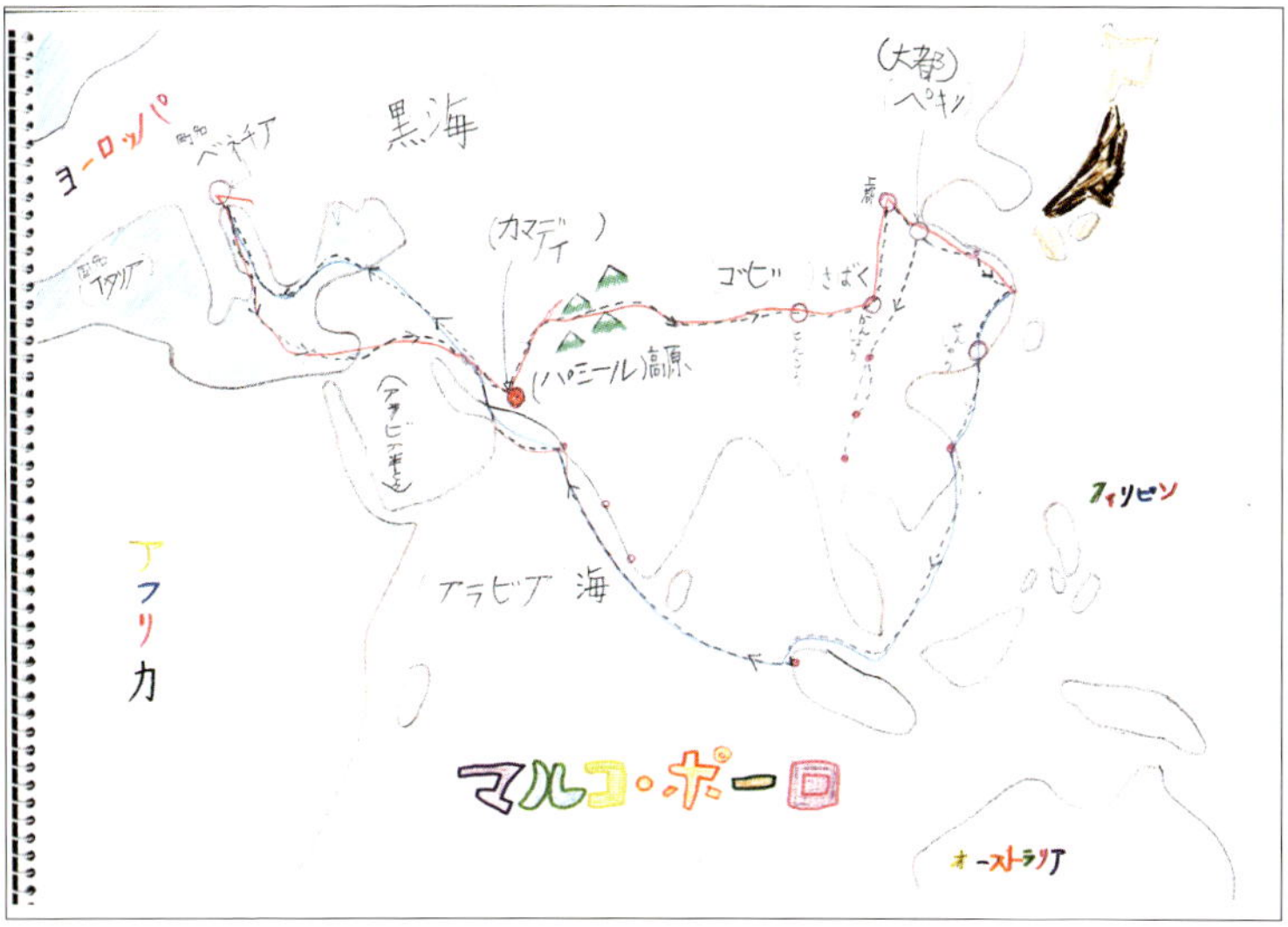

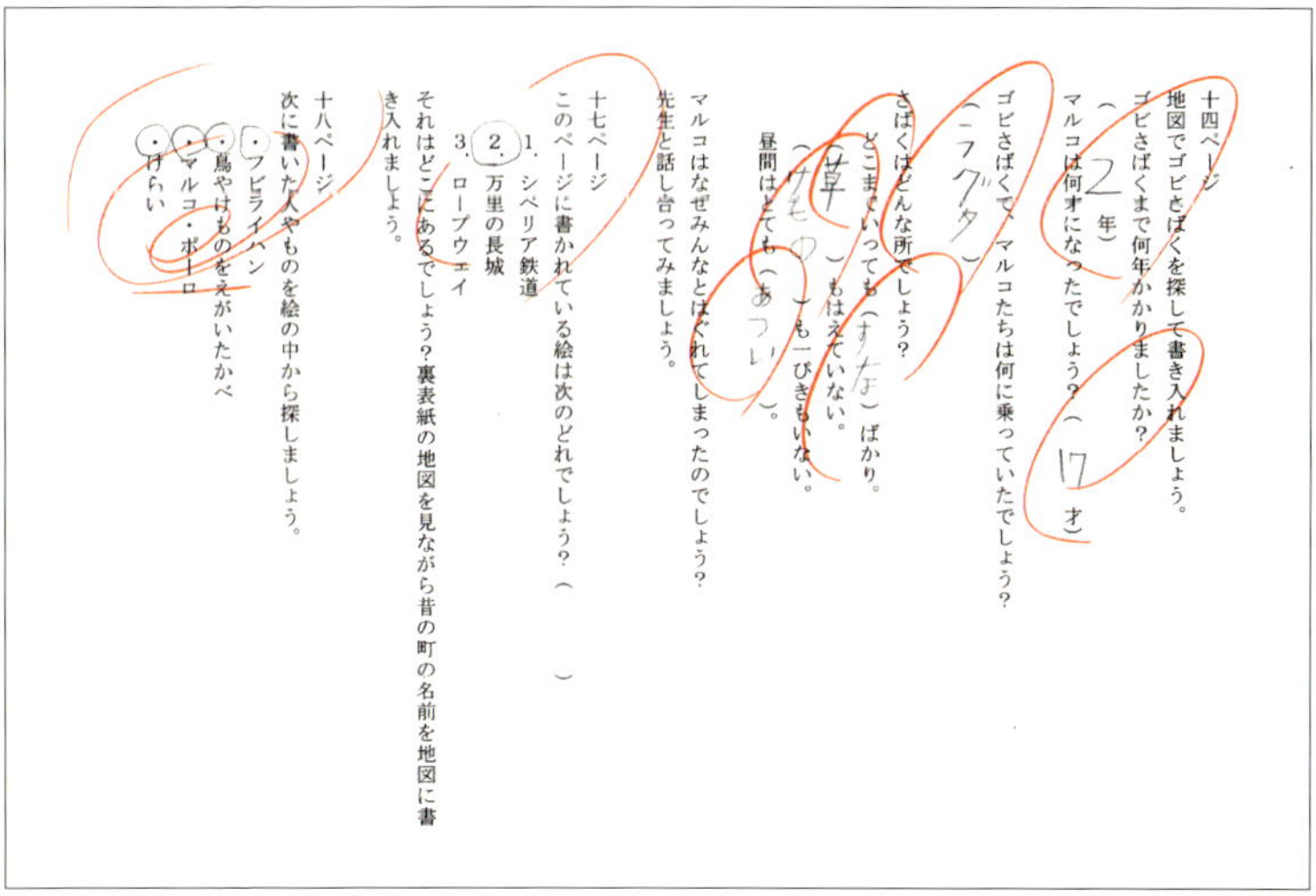

十四ページ
地図でゴビさばくを探して書き入れましょう。
ゴビさばくまで何年かかりましたか？
（2 年）
マルコは何才になったでしょう？（17 才）
ゴビさばくで、マルコたちは何に乗っていたでしょう？
（ラクダ）
さばくはどんな所でしょう？
どこまでいっても（すな）ばかり。
（草 ）もはえていない。
（けもの ）も一ぴきもいない。
昼間はとても（あつい）。
マルコはなぜみんなとはぐれてしまったのでしょう？
先生と話し合ってみましょう。

十七ページ
このページに書かれている絵は次のどれでしょう？（　　）
1. シベリア鉄道
2. 万里の長城
3. ロープウェイ
それはどこにあるでしょう？裏表紙の地図を見ながら昔の町の名前を地図に書き入れましょう。

十八ページ
次に書いた人やものを絵の中から探しましょう。
・フビライハン
・鳥やけものをえがいたかべ
・マルコ・ポーロ
・けらい

マルコ・ポーロの地図と問題プリント　マルコ・ポーロの絵本を読んだ後、この地図と問題プリントを作った。マルコ・ポーロがどこからどこまで、どのように旅をしたのか、地図を見ればわかりやすい。

❀――英　語

英語は幼稚園の頃から、三、四年間、アメリカ・イギリス・フィリピン・カナダなどの出身の先生に習っていた。そのせいかどうかわからないが、マレーシアから私の知人が我が家を訪れた時も、静香は物怖じすることなくコミュニケーションをとっていた。簡単なあいさつ程度のことなら、なんとなく相手の言っていることがわかるようだった。

英語の先生が帰国してからは、先生に習うということはなくなってしまったが、英語の学習は継続した。アルファベットを書くことから始まり、簡単な単語を覚え、あいさつや自己紹介、簡単な文章と少しずつ進み、中学生になってからは日本の昔話を英語で読む練習をした。「のっぺらぼう」や「浦島太郎」、静香の好きな「笠地蔵」など、いずれも妻がイラストを描いたプリントを使って、楽しみながら学習した。こつこつ学習を継続した甲斐があって、文章の読み書きも上手になってきている。

実際、京都の街は、一歩外に出れば外国語があふれている。看板やお店、レストランなどに書かれている英語が読めて、意味がわかれば楽しいのではないかと思い、英語の学習は続けているのである。ＳＶＯＣなどの英文法のような難しいことは説明せずに、声に出して読むことと、書くことが中心である。大文字と小文字を区別して書くことも、自然にできるようになった。

最近英語を教えるのは私の役目となっている。壁にホワイトボードクロスを貼って黒板がわりにし、ペンで字を書いて教えている。授業のようで静香も楽しんでくれている。静香に実際教えていて驚かされるのは、意欲があること、どんどん上達すること、記憶力が良いことである。妻が次から次へと静香に学習教材を作って教えている気持ちがよくわかった。

ちなみに静香はパソコンやタブレットPCで文字を入力する際には、ローマ字入力で行なっている。ひらがな入力よりも汎用性《はんようせい》が高いと考えローマ字入力を教えた。SHIZUKAと書くことから始め、私がパソコンで一つひとつローマ字入力を教えていたのだが、スマートフォンでラインを始めるようになってからは、あっという間に自力で入力方法を覚えてしまった。仲良しのいとことラインをしたくて一生懸命覚えたのだ。ここでも、何よりも意欲が大事ということを痛感している。

英単語プリント　中学１年生の頃、ぬり絵が大好きだったので、妻が輪郭を描き、静香は色をぬりながら英単語を覚えていった。好きなことと組み合わせると、学習が楽しくなる。

He got small money by selling firewood.

彼は得た　少し　お金を　売って　　まきを　（まきは少ししか売れなかった）

He wanted to buy six straw hats, but he was able to buy only five.

彼は　買いたかった　６つの　傘を　しかし　彼は　買えなかった　５つしか

On the way home, he put the hats on the head of five Jizos

家に帰る途中　　　彼は　置いた　傘を　頭の上に　５人の地蔵様の

and on the last he put his own hat.

そして　最後の地蔵様に　彼は置いた　彼の傘を

got
ゴット
money
マニー
straw
ストロー
able
エイブル
buy
バイ
only
オンリー
put
プット
head
ヘッド
own
オウン

When he told his wife the story, she said with joy,

時　彼が　言った　彼の奥さんに　この話を　彼女は　言った　よろこんで

"You did a wonderful thing."

あなたは　しました　すばらしいことを

And they went to bed.

そして　二人は　寝ました

told
トールド
wife
ワイフ
story
ストーリー
joy
ジョイ
did
ディド
wonderful
ワンダフル
thing
シング

笠地蔵　笠地蔵の絵本が大好きで、ストーリーをよく理解していたので、教材にした。何度も声に出して読む練習をした。単語を覚えるだけでなく、文章を読むことで、学習が進んでいる感じを持たせた。

2 五感で学ぶ

妻がこだわるのは手先、視覚、心、耳を使った学習をするということである。話を聞くだけではだめで、具体的にわかる絵や写真、イラストを見ること、そして感動したり、納得したり、驚いたりと気持ちが動くこと、さらには指先を使うこと（プリントに書き込む、本や紙芝居を作る）、そして話を聞くことである。あらゆる感覚を使うことで、それぞれの弱い部分を補うことができる。つまり、説明を聞くだけでは二割くらいしかわからなくても、イラストを見ることで五割くらい理解でき、地図に書き込んだり、一緒に教材を作ることで八割くらい理解が進むと考えているのである。また、その過程で感動したり楽しかったり、出来上がった教材に満足できれば記憶に残るのである。

学習の場では、絵やイラストを印刷したりコピーしたりして手元に持たせて話すようにしている。コンピュータやタブレットＰＣの画像を次々と見せるだけでは効果がないと考えるからである。静香がもう一度見たいと思っても、画像が消えてしまうと、そこで思考がストップしてしまうのである。

そして、絵やイラストを使って学んだ内容をもとに、紙芝居や本、すごろくなどを作って何度も学習できるような工夫をしている。もちろん、そうした教材は静香と一緒に作るのである。そこには、はさみやのりを使って手を動かし、親子でいろいろ話し合いながら作っていく楽しみがある。ものづくりが好きな静香にはぴったりの学習方法であろう。また、きれいな作品が完成すると、達成感も得ることができる。

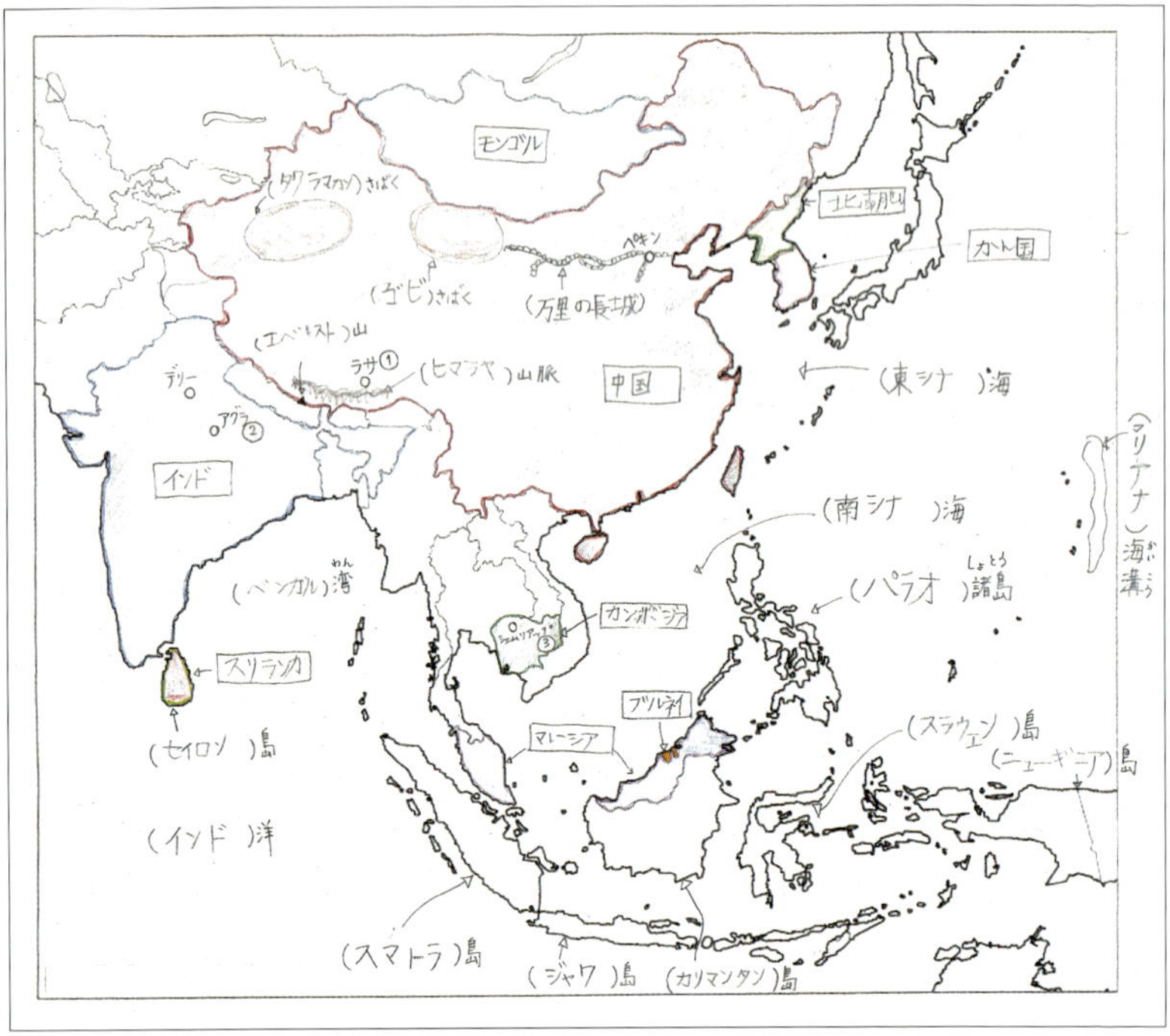

地理　問題プリントと地図帳を見ながら、島の名前、海や山脈など、あまり知らない地名を（　　）に書いていく。地図を理解する学習である。静香は世界一深い海、マリアナ海溝に興味を持っていた。

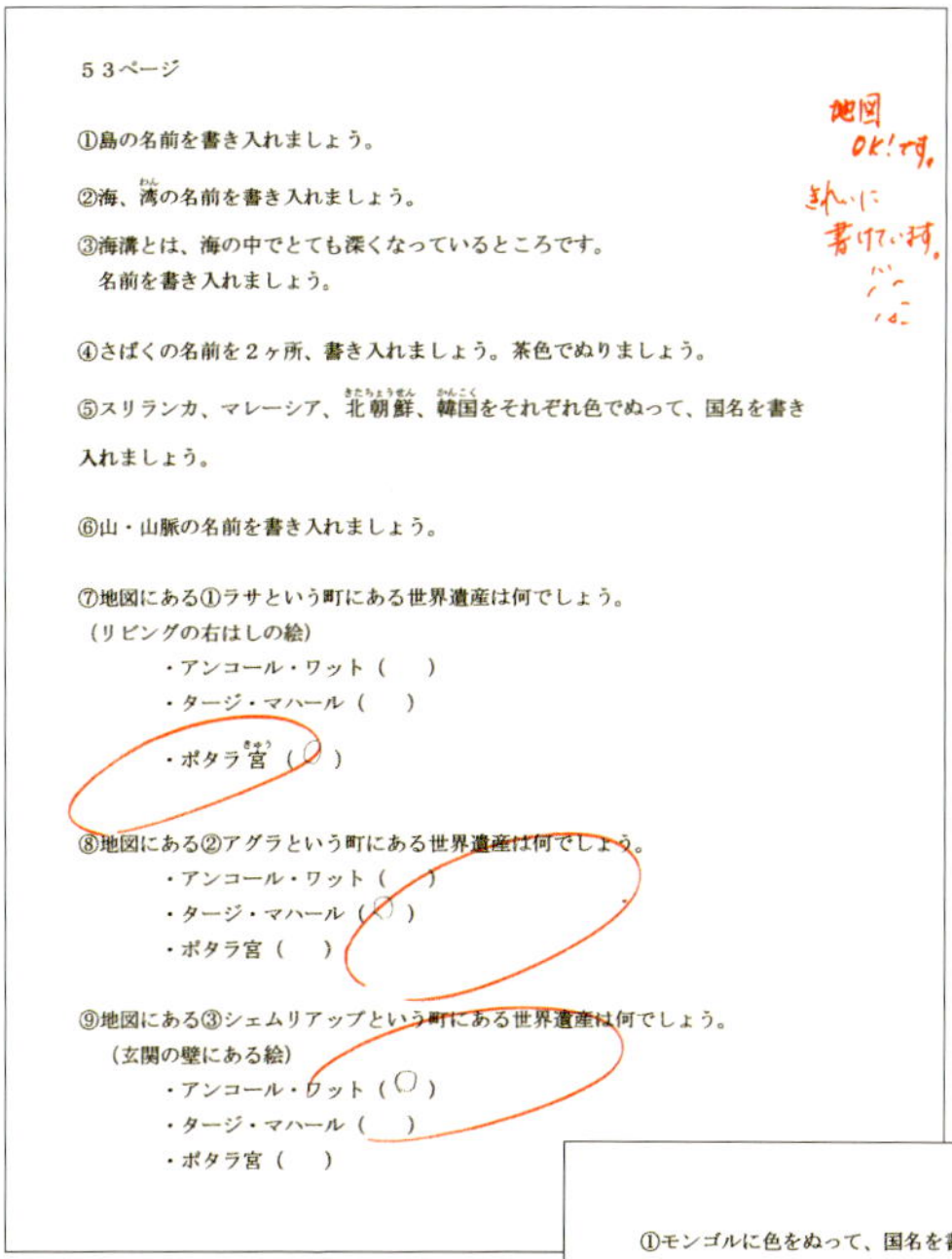

５３ページ

①島の名前を書き入れましょう。

②海、湾《わん》の名前を書き入れましょう。

③海溝とは、海の中でとても深くなっているところです。
名前を書き入れましょう。

④さばくの名前を２ヶ所、書き入れましょう。茶色でぬりましょう。

⑤スリランカ、マレーシア、北朝鮮《きたちょうせん》、韓国《かんこく》をそれぞれ色でぬって、国名を書き入れましょう。

⑥山・山脈の名前を書き入れましょう。

⑦地図にある①ラサという町にある世界遺産は何でしょう。
（リビングの右はしの絵）
・アンコール・ワット（　）
・タージ・マハール（　）
・ポタラ宮《きゅう》（〇）

⑧地図にある②アグラという町にある世界遺産は何でしょう。
・アンコール・ワット（　）
・タージ・マハール（〇）
・ポタラ宮（　）

⑨地図にある③シェムリアップという町にある世界遺産は何でしょう。
（玄関の壁にある絵）
・アンコール・ワット（〇）
・タージ・マハール（　）
・ポタラ宮（　）

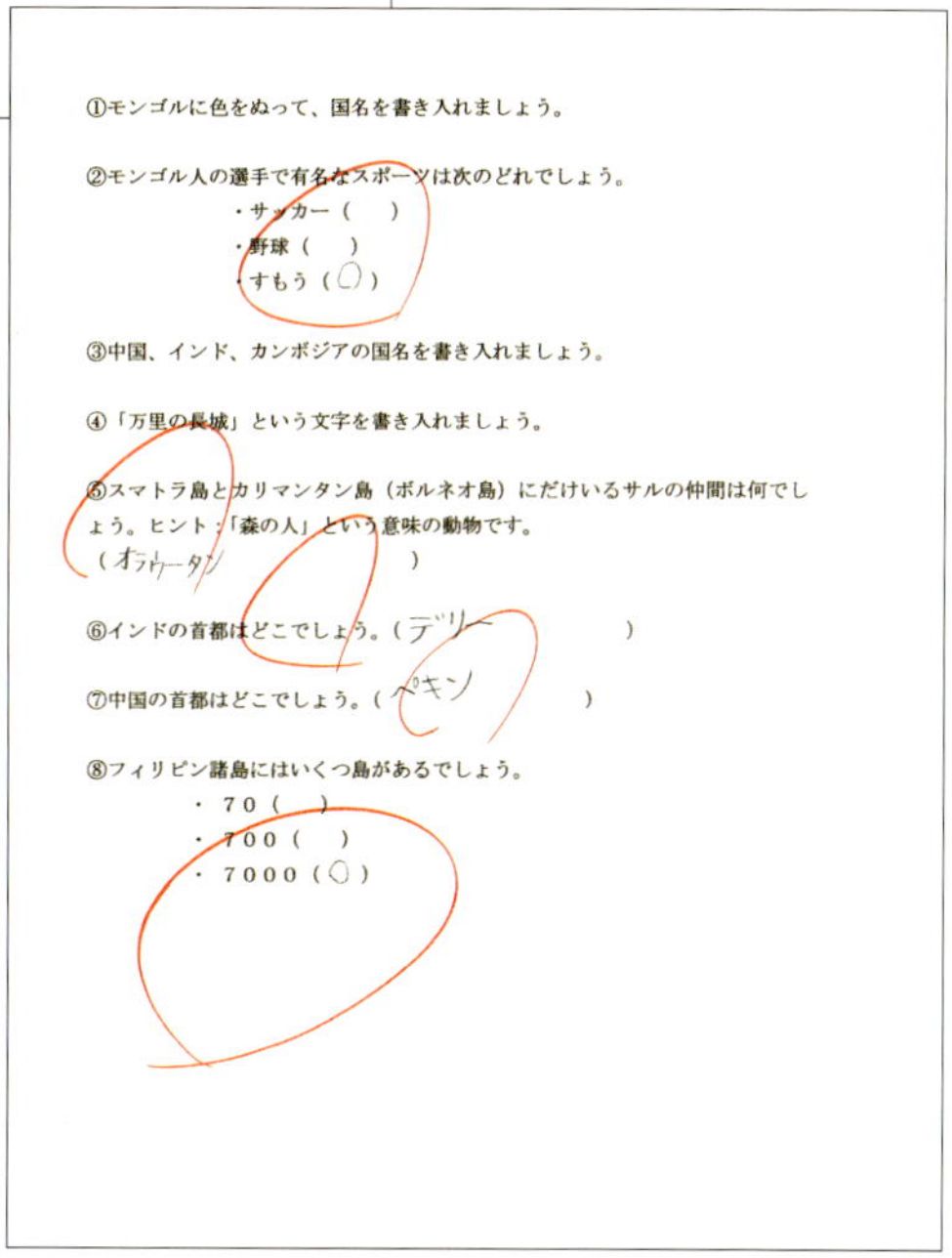

①モンゴルに色をぬって、国名を書き入れましょう。

②モンゴル人の選手で有名なスポーツは次のどれでしょう。
・サッカー（　）
・野球（　）
・すもう（〇）

③中国、インド、カンボジアの国名を書き入れましょう。

④「万里の長城」という文字を書き入れましょう。

⑤スマトラ島とカリマンタン島（ボルネオ島）にだけいるサルの仲間は何でしょう。ヒント：「森の人」という意味の動物です。
（オランウータン　）

⑥インドの首都はどこでしょう。（デリー　）

⑦中国の首都はどこでしょう。（ペキン　）

⑧フィリピン諸島にはいくつ島があるでしょう。
・７０（　）
・７００（　）
・７０００（〇）

児玉先生が来てくれる日に、この問題プリントをする。一人で黙々と解答するよりも、問題の内容について先生とおしゃべりをしながら解いたほうが、より理解が深まる。

中国の歴史

①インターネットで中国の歴史に関する写真を探してプリントアウトする。
②「お母さん授業」で、プリントアウトした写真を見せながら妻が簡単に歴史の話をする。
③ プリントアウトした写真を切り取って、白い紙に貼り、妻と二人で字を書いていく。
④出来上がった何枚もの紙をのりで貼り合わせて、手作りの本にする。

この手作りの本には、北京原人、遣隋使や遣唐使、日清戦争や毛沢東などが紹介されている。今後は、この手作りの本を基にして、問題プリントを作る予定である。

✻――海の生き物

静香は動物や魚が大好きで、図鑑や絵本を何度も読んでいるので、たくさんの生き物を知っている。

ある日、水族館で下敷きを見つけて買ったのだが、その下敷きの表にはたくさんの魚の写真、裏にはそれぞれの魚の生息地や体長、体重、特徴などが書かれていた。静香が一人でその説明文を読むのは大変なので、妻はその魚の写真をコピーして切り取り、世界地図の上に貼っていくという学習方法を考え出した。海の生き物は地球のどこに住んでいるのか、それは暑いところか、寒いところか、湖なのか、海なのかなど、妻と一緒に地理や自然環境を考えながら、静香は海の生き物の写真を地図上に貼っていった。

こうして、誰が見てもとてもわかりやすい海の生き物地図ができあがった。言葉で「この魚は北極に住んでいる」と説明を聞くよりも、世界地図の上に生き物の写真を貼ることで何倍もわかりやすくなるし、覚えやすい。一番大きな魚は何だろう。ペンギンはなぜ北極にいないのだろうといったように、生き物のコピーを貼りながら、その生態を静香と妻は楽しそうに話し合っていた。一方的に教えるのではなく、静香がいろいろ知っていることを聞いてあげるのも大切なことである。

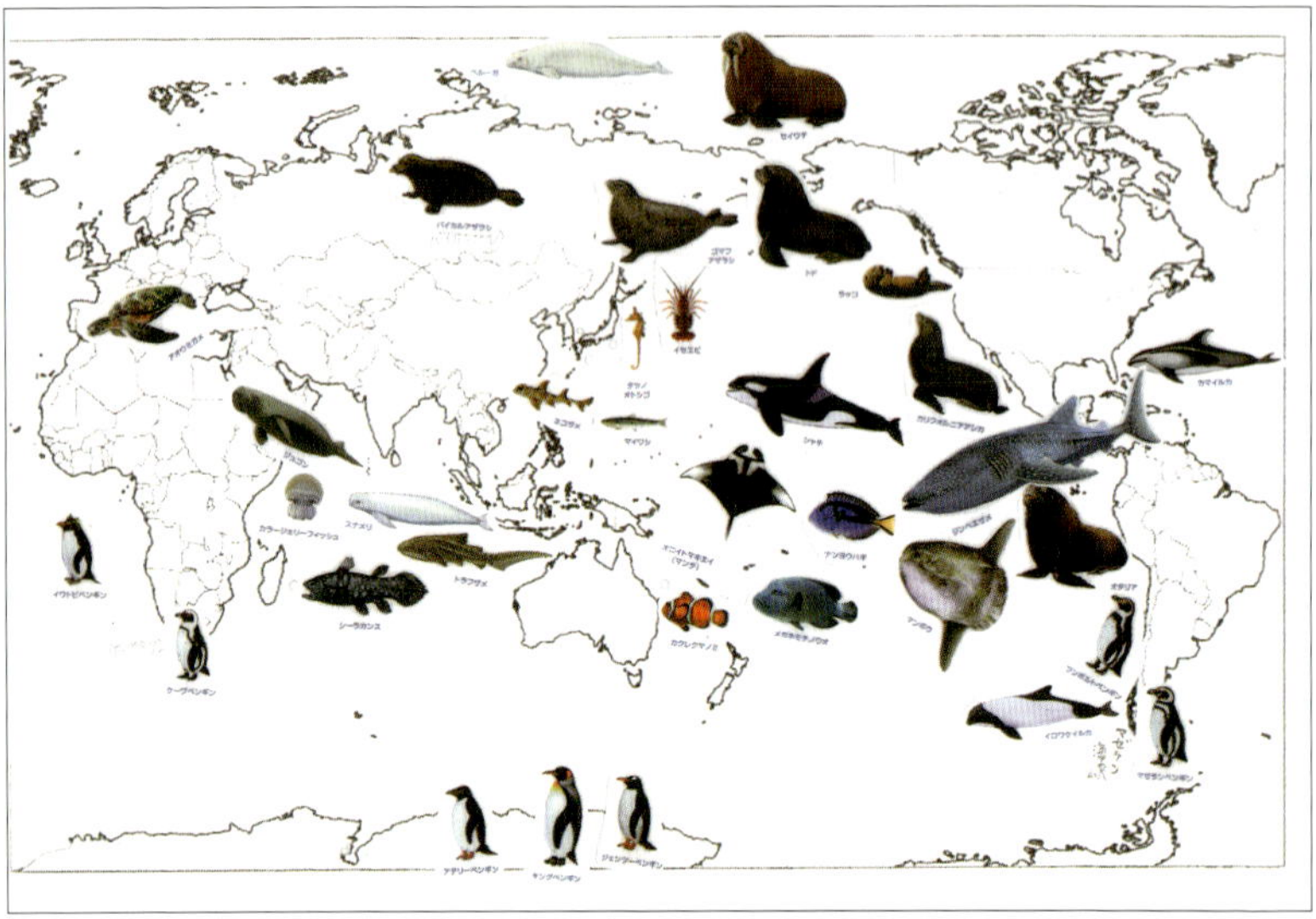

海の生き物地図と問題プリント　静香が大好きな生き物を取り上げている。この地図を見ながら、次ページの問題プリントに答えていく。

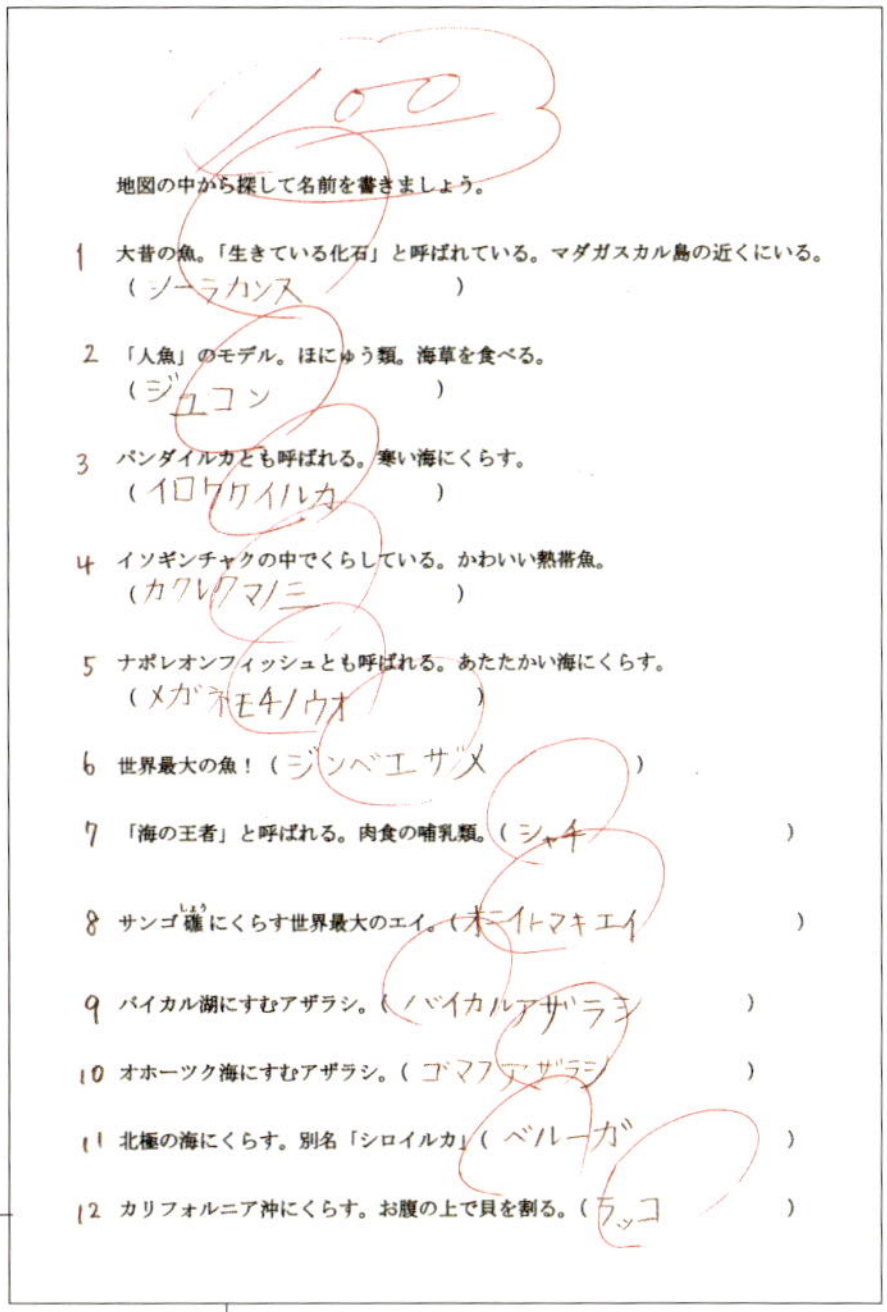

100

地図の中から探して名前を書きましょう。

1 大昔の魚。「生きている化石」と呼ばれている。マダガスカル島の近くにいる。
（シーラカンス）

2 「人魚」のモデル。ほにゅう類。海草を食べる。
（ジュコン）

3 パンダイルカとも呼ばれる。寒い海にくらす。
（イロワケイルカ）

4 イソギンチャクの中でくらしている。かわいい熱帯魚。
（カクレクマノミ）

5 ナポレオンフィッシュとも呼ばれる。あたたかい海にくらす。
（メガネモチノウオ）

6 世界最大の魚！（ジンベエザメ）

7 「海の王者」と呼ばれる。肉食の哺乳類。（シャチ）

8 サンゴ礁《しょう》にくらす世界最大のエイ。（オニイトマキエイ）

9 バイカル湖にすむアザラシ。（バイカルアザラシ）

10 オホーツク海にすむアザラシ。（ゴマフアザラシ）

11 北極の海にくらす。別名「シロイルカ」（ベルーガ）

12 カリフォルニア沖にくらす。お腹の上で貝を割る。（ラッコ）

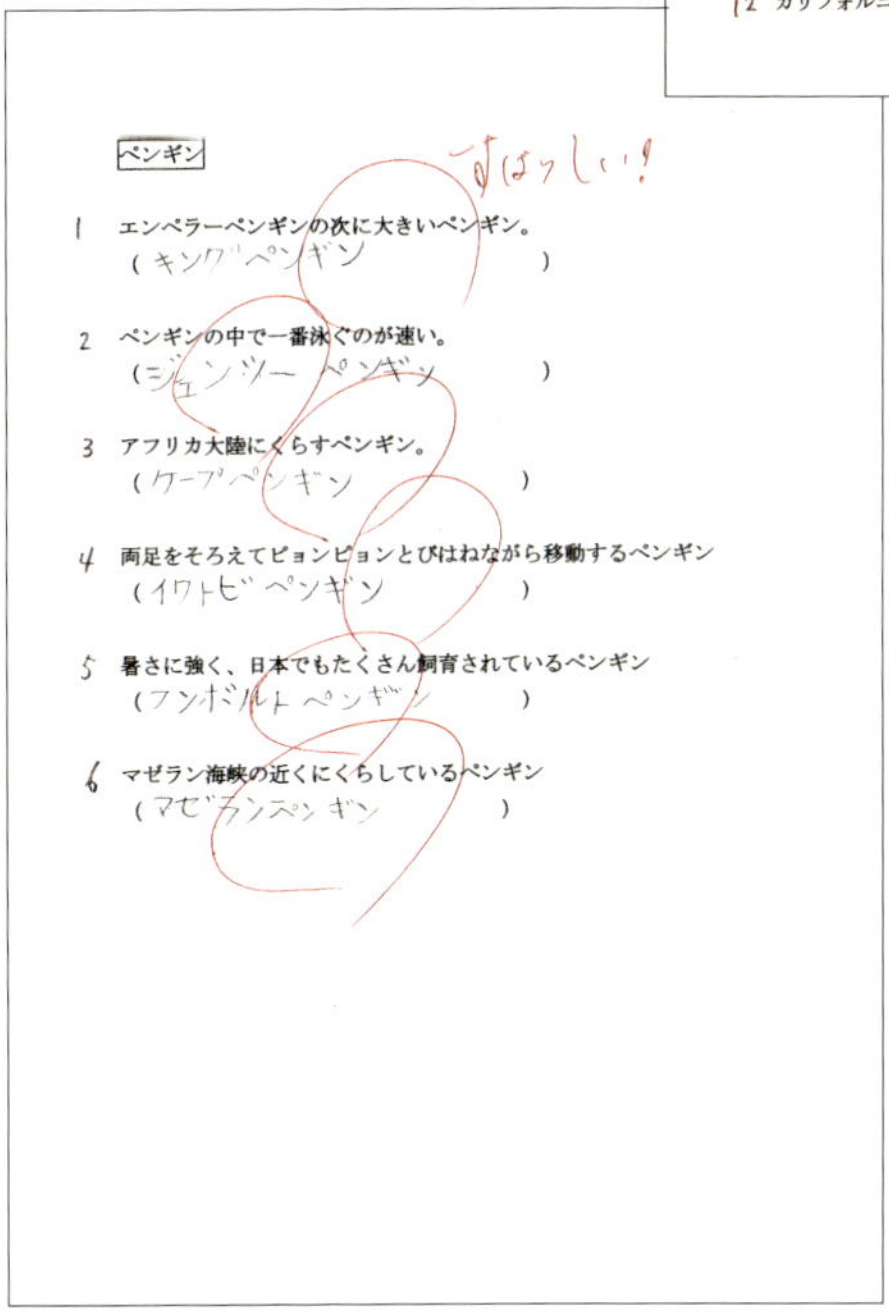

ペンギン

すばらしい！

1 エンペラーペンギンの次に大きいペンギン。
（キングペンギン）

2 ペンギンの中で一番泳ぐのが速い。
（ジェンツーペンギン）

3 アフリカ大陸にくらすペンギン。
（ケープペンギン）

4 両足をそろえてピョンピョンとびはねながら移動するペンギン
（イワトビペンギン）

5 暑さに強く、日本でもたくさん飼育されているペンギン
（フンボルトペンギン）

6 マゼラン海峡の近くにくらしているペンギン
（マゼランペンギン）

この問題プリントも児玉先生と話しながら解いている。静香のほうが答えをよく知っているので、「すばらしい！」と児玉先生が書いてくれている。

✻——日本史紙芝居

ある時、妻は、歴史に興味を持ち始めた静香に日本史を教えることにした。まず妻が日本史の教科書を読んで、わかりやすい箇所だけ説明する。次に図書館に行ってわかりやすい絵が書いてある日本史関係の本を借りてきてコピーし、平安時代、室町時代など時代ごとに一枚一枚、紙芝居を一緒に作っていった。表にはコピーした絵や写真を静香が切り貼りし、妻がキャプションを書いた。裏には妻が説明の文章を鉛筆で書いて、それを静香がペンでなぞっていた。

切り貼りするといっても最初は難しかった。「写真を切り取ってね」と言っても、静香には、どこをどう切り取るのかわからないのである。そこで、写真のまわりに定規を使って鉛筆で線を引いて、「この鉛筆の線を切ってね」と説明する。のりを付けるのも静香にとっては簡単ではない。紙に貼った時に四隅にのりが付いていないと、四隅がめくれあがってしまう。うまく貼れなくて「ありゃりゃ」と残念がる静香と一緒に直しながら仕上げていく。そうやって、二十一枚の紙芝居を何ヶ月もかかって二人で一緒に作っていった。

⑭

1543年 ポルトガル人が鹿児島県種子島《たねがしま》に来て
鉄砲《てっぽう》を伝えました。

1549年 スペイン人のフランシスコ・ザビエルが来て、キリスト教を
伝えました。

その後もスペインやポルトガルの人が日本に来て、時計、ガラス、
天文学、医学、洋服、カステラなどを伝えました。

この時代には千利休《せんのりきゅう》が茶道《さどう》をはじめたり、かぶきや

有田焼《ありたやき》も有名になりました。

長崎にじゃがいもが伝わりました。

狩野永徳《かのうえいとく》というすばらしい絵師がいました。

日本史紙芝居（上が表、下は裏） イラストの材料を集めるために図書館に通って、いろいろな本を借りたのが楽しかったようだ。千利休や豊臣秀吉などの顔がテレビに出てくると、すぐに名前を答えられるようになった。

なぜ紙芝居なのか、それは、紙芝居を作る時に絵やイラストを実際に手にとることで記憶に残り、一度覚えたことを何度も勉強できるからである。また、紙芝居は、自分だけでなく人に対して何度も読んであげることができる。

静香はおばあちゃんやいとこの前で読み、学校でも披露するたびに紙芝居を楽しそうに、時には誇らしげに読んでいた。そうすることで、楽しさとともに、内容が記憶に残っていくのである。

❇︎――百人一首

かるたが好きで「アンパンマンかるた」などでよく遊んでいた静香に、妻は百人一首を教えた。妻自身が百人一首が好きだったので、お正月に親戚で集まった時などによく遊んでいたことが始まりだったのかもしれない。いとこや祖父母が楽しそうに百人一首に興じている様子を見ながら、小さな静香はいつか一緒にやってみたいと思っていたのかもしれない。下《しも》の句を取るのが難しいのではないかと思ったが、説明しながら何度かやってみると、すぐにできるようになった。

最初は札を取っていたのだが、そのうち読みたいと言いだした。驚いたことに、行書で書かれた読み札をほぼ間違いなく読むことができた。詠《よ》み人の名前まできちんと読んでいた。古文の響きがとても気に入っている様子で、歌の語尾を長くのばしてそれらしく読むのである。

読んでいるうちに、読み札に描かれた絵に興味を持ち始め、だんだんと歌の意味や詠み人のことを質問することが多くなったため、妻は百首すべてのイラストを描いて、静香に意味を教え始めた。また、何人かの詠み人についてはどういう人物なのかを何度も話して聞かせた。毎日五から十首ずつイラストをせっせと描いては静香に見せていた。静香はというと、次はどんなイラストが出来上がるのかと毎日楽しみに待つようになり、出来上がると意味が書かれた文章を読みながらイラストを見て楽しんでいた。

79 左京大夫顕輔　さきょうだいぶあきすけ

あきかぜに　たなびくくもの　たえまより

もれいづるつきの　かげのさやけさ

秋風に吹《ふ》かれてたなびいている雲の切《き》れ間《ま》から、もれでてくる月の光は、なんと清《きよ》らかで澄《す》みきっていることであろう。　※もれ出づる / もれ出してくる※さやけさ / 明るくて澄みきった様子

80 待賢門院堀川　たいけんもんいんほりかわ

ながからむ　こころもしらず　くろかみの

みだれてけさは　ものをこそおもへ

あなたの心は末永《すえなが》くまで決して変わらないかどうか、わたしの黒髪《くろかみ》が乱《みだ》れているように、わたしの心も乱《みだ》れて、今朝《けさ》は物思いに沈《しず》んでおります。

※長からむ / 永く変わらないであろう。「む」は推量の語

※物をこそ思へ / 「こそ」は強調の語

81 後徳大寺左大臣　ごとくだいじさだいじん

ほととぎす　なきつるかたを　ながむれば

ただありあけの　つきぞのこれる

ほととぎすの鳴き声が聞こえたので、その方に目をやってみたが、(その姿はもう見えず) 空には有明の月が残っているばかりであった。

百人一首　「百人一首は昔の人びとの思いがたくさん詰まったかるたであることを知ってほしい」と、妻は言う。静香はたびたびこのプリントを出してきて、説明文を読んだり、妻が描いたイラストを見て楽しんでいる。

82 道因法師　どういんほうし

おもひわび　さてもいのちは　あるものを

うきにたへぬは　なみだなりけり

つれない人のことを思い、これほど悩《なや》み苦《くる》しんでいても、命だけはどうにかあるものの、この辛《つら》さに耐《た》えかねるのは（次から次へと流れる）涙《なみだ》であることだ。　※思ひわび／「思い嘆く」の意　※さても／それでも、やはり

83 皇太后宮大夫俊成　こうたいごうぐうだいぶとしなり

よのなかよ　みちこそなけれ　おもひいる

やまのおくにも　しかぞなくなる

世の中というものは逃《のが》れる道がないものだ。(この山奥に逃《のが》れてきたもの の) この山奥でも、(辛《つら》いことがあったのか) 鹿が鳴いているではないか。

※ 思ひ入る／思い込むこと

84 藤原清輔朝臣　ふじわらきよすけあそん

ながらへば　またこのごろや　しのばれむ

うしとみしよぞ　いまはこひしき

この先《さき》生きながらえるならば、今のつらいことなども懐《なつ》かしく思い出されるのだろうか。昔は辛《つら》いと思っていたことが、今では懐《なつ》かしく思い出されるのだから。

※ 憂しと見し世／つらいと思っていた昔

静香は古文の響きに興味を持っている。イラストが描かれているので、イメージがしやすく、古文の理解も進む。

❇——心で学ぶ

心で学ぶとは、単に画像や文字を記憶するだけではなく、不思議さやおもしろさを心で感じて学ぶという意味である。「へー！」「すごい！」「ふしぎー！」など、静香の心がワクワクするような内容を盛り込みながら学習を進める。驚きや感動を静香の心に刻みこんでいくのである。ピラミッドや地上絵、宇宙や地球史の話などは、妻自身が好きで興味を持っているテーマである。一方的に知っていることを教えているのではなく、二人で図鑑を見て調べ、考え、学んでいる。静香は、妻の好奇心や探究心にひっぱられるように、小さな研究者さながら図鑑に見入って、目を輝かせている。

「不思議だよねー」「すごいよねー」「びっくりするよねー」。妻の生き生きとした楽しそうな話に静香は吸い込まれていく。知らない話ばかりだとだんだんわからなくなるので、動物や食べ物に興味がある静香には、歴史の中に出てくる動物の話や昔の人の食べ物の話なども入れ込み、より興味を持てるように工夫していた。一方的に話すのではなく、時々静香が答えられるような質問をしながら話を進めていく。

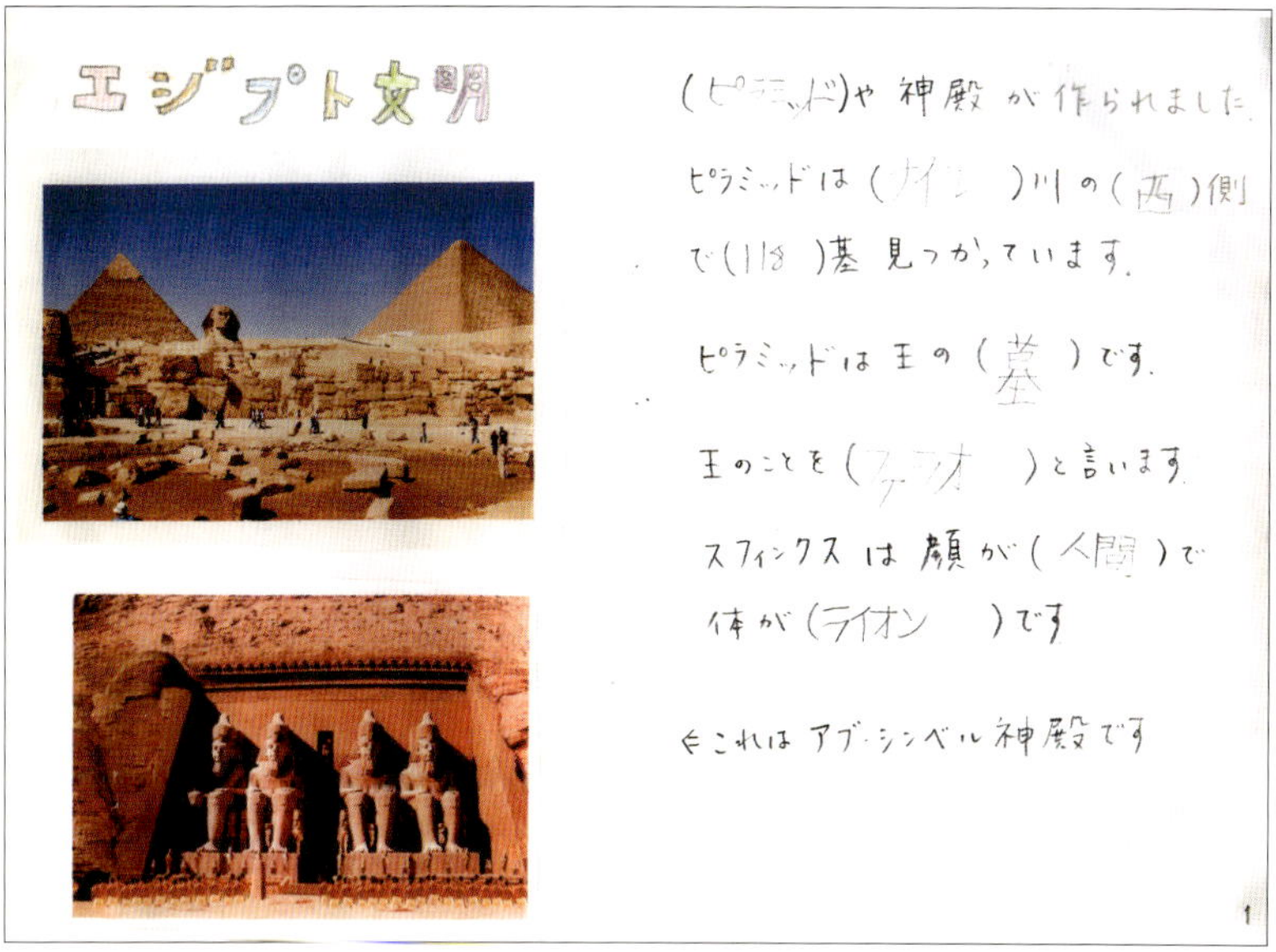

エジプト文明
(ピラミッド)や神殿が作られました。
ピラミッドは(ナイル)川の(西)側で(118)基見つかっています。
ピラミッドは王の(墓)です。
王のことを(ファラオ)と言います。
スフィンクスは顔が(人間)で体が(ライオン)です
←これはアブ・シンベル神殿です
1

世界の文明

①「お母さん授業」で世界遺産の写真集を見ながら講義を聞いて、次ページのプリントに答えを記入していく。

② 手作り教科書を一緒に作る。

③ ①のプリントを見ながら、静香が手作り教科書の中の（　　）を埋めていく。

この手作り教科書の目次には「エジプト文明」「アンデス文明」「ギリシャ文明」「オルメカ文明」「アステカ文明」「マヤ文明」とある。

ピラミッドとは

日本語で金字塔（きんじとう）と言います。

エジプトには（ 118 ）個のピラミッドがあります。

ピラミッドは 王様 ）の（ おはか ）だと言われています。

大きな（ 石 ）を積み上げてできています。

アスワンという場所から石を切り出して、ナイル川で運んだ。

すべてのピラミッドはナイル川の（ 西 ）側にある。
太陽がしずむ場所。死者が旅立つ場所。

有名なのは、（ ギザ ）の三大ピラミッド・・・真正ピラミッド
1番大きい（ クフ ）王のピラミッド
上に金のキャップストーン

2番目に大きい（ カフラー ）王のピラミッド
クフ王の息子
少し小さいのは（ メンカウラー ）王[redacted]のピラミッド
メンカウラー王はカフラー王の息子

三大ピラミッドはすべて（ 北 ）を向いている。

クフ王のピラミッドの高さは（ 146 ）メートル
京都タワーは１３１メートル

できたころは石灰岩でおおわれていて（ 白 ）色だった

大きなピラミッドを作るのにおよそ（ 200 ）年かかる

エジプト文明とは（２６ページ）

（ ナイル ）川のまわりで始まった王国

川の水を使って（ 農業 ）を行っていた。

測量術・天文学・手術の技術

食べ物・・・（ 豆料理 肉 ぶどう ）
主食・・・（ パン ）
飲み物・・・（ ワイン ）（ ビール ）

1日が（ 24 ）時間だと決めた

（ 太陽 ）の動きを見て農業をした。

ペット・・・（ ネコ ）

王様のことを（ ファラオ ）と呼びます。

神様・・・（ 太陽 ）神、名前は（ ラー ）
王は神の子だと信じられていた

文字・・・（ 象形文字 ）ヒエログリフ

紙はない。かわりに（ パピルス ）に書いた。

男性・・・（ かつら ）があった。
女性・・・（ おけしょう ）していた。
男女・・・（ ビーズ ）のネックレスやブレスレット

このプリントを見ながら、前ページの手作り教科書の中の（　）を埋めていく。赤線が引かれた部分がヒントとなる。

たとえば、ナスカの地上絵のことを説明する時には、地上絵の写真を見せながら、
妻「これ何の生き物だと思う？」
静香「サルかなあ」
妻「当たり！　よくわかったね」
二人で「昔ここにもサルがいたんだね」
「でも、なんでサルの絵を描いたのかなあ」
といった感じである。

✻――算　数

算数は、静香にとって得意科目ではないだろう。それでも、足し算、引き算など基礎的なことはできるようになってほしいという希望が私たちにはあった。

数については、おはじきを使ったり、数字を書いたカードと数字の数だけ丸いシールを貼ったカードを合わせるゲームを作ったりして、数の概念を教えていった。数の概念を習得することは漢字を覚えるよりも難しかった。もともと抽象的なものを理解するのが難しいという特性がある。

そんな試行錯誤の中で、一番役に立ったのはすごろくであった。最初はサイコロの目と同じ数だけ駒を動かせなかったが、そのうち、サイコロで三の目が出れば、三つ進むということができるようになり、何度もくりかえしていると、一より六のほうが大きいことがわかり、前に進むことと、後ろに下がることの違いもわかってきた。（すごろくについては、前作でくわしく紹介しているので、そちらを読んでいただきたい。）

「人生ゲーム」や「モノポリー」も役に立った。静香はこれらのゲームで銀行の役をするのが好きで、一人でおもちゃのお札を数えたり、お札のやり取りができるようになった。

その後、小学校では図やマグネットなどを使って、先生から丁寧に教えてもらい、家では妻手作りの計算プリントでこつこつ復習しながら、小学校卒業時には二桁の掛け算や割り算の筆算もできるようになった。

中学生になってからはお小遣い帳をつけている。手伝い一回につき一〇〇円を渡して、帳面に記録するのである。静香は手伝いの内容と金額を書き、そのつど電卓で計算して合計金額を書いていく。最初だけ教えればあとは一人でできるようになった。九九〇円だったお小遣いが、一〇〇円足すと一〇九〇円と桁が上がることや、お金をもらった時は電卓で足していくこと、お小遣いを使ってシールやえんぴつなどを買った場合は、合計金額から使った金額を引くことなどを覚えていった。

一緒に買い物に行った時に一人でレジに並んでお金を払い、お釣りを受け取るなどの練習もしている。定規で身近なものを測ったり、毎日体重計にのって体重を計り、数値を折れ線グラフにして書いたり、クッキーやケーキを作る時に計量器で材料を計ったりするなど、生活の中でも、できるだけ数に触れるようにしている。

最近では、スマートフォンのタイマー機能を利用している。片足立ちなどの体操をする時に、静香はスマートフォンを操作して、五〇秒など、時間を設定している。秒と分の違いを体で感じることができればと思っている。

第五章

学びの実践　その２

1 いろいろなアプローチで

妻の学習方法はいろいろな角度から切り込むことをテーマにしている。先にも述べたが、静香は同じことばかり説明されたり教えられたりすると嫌になってしまう。たとえば、「オラン・ウータンはマレーシアに生息していて、哺乳類で、フルーツなどを食べる」ということを教えたい場合、覚えるまで何度も同じことを説明すると、途中で、静香が嫌になってしまうので、意味がない。

妻の学習方法はこうである。オラン・ウータンという動物について、初めはカタカナの練習、次は猿の仲間であるということ、そして哺乳類、マレーシアにいる、ボルネオ島にいる、熱帯のジャングルにいる、「森の人」という意味、何を食べているか、どんな生活をしているか、今、森の木が切られて住む場所がなくなってきていることなど、何年もかかって成長に合わせてその都度、教えることを増やしていくのである。動物の分類という角度から、地理の角度から、気候、生態などいろいろな切り口でひとつの動物を成長段階に合わせて見ていくのである。一本の棒に少しずつ肉付けをしていくイメージである。この程度でいいだろうという感じではなく、それはどこまでもどこまでも続くのである。小学生程度とか中学生程度とか、そういうものでもなく、知りたいという気持ちがある限り、その気持ちに応えてどこまでも教えていくのである。

日本の地理や文化についても同様である。まずは都道府県すごろく、そして都道府県を漢字で書く練習、日本地図パズルも大のお気に入りであった。次に各県の有名な食べ物、産物、動物、祭りを覚え、そのあとは川や山、湾、岬、半島、島、海などといったように、少しずつ難しくなっていく。その分、知識はどんどん増えていった。

2 解き方いろいろ

手作りのプリントの問題は、解答方法をいろいろ工夫して作っている。

たとえば、次のような感じである。

穴埋め……鹿□島県など、□に入れる文字を考える。

線で結ぶ…関係のある二つの事柄を線で結ぶ。・と・を線で結ぶのが最初は難しかったが、何度かしているとできるようになった。

三択………三つの答えの中からひとつを選ぶ。（　）に○をつけるパターンやア、イ、ウの中から一つ選んで（　）に書くパターンなど。

記述………本や別のプリントを見ながら答えを探して解答欄に文字を書く。

複数解答…六つくらいの中から三つを選ぶような答え方。

たとえば、次の中から哺乳類を三つ見つけて○をしましょう。

エビ（　）クジラ（　）キリン（　）

ペンギン（　）イルカ（　）サメ（　）

スリーヒントクイズ…「白と黒、中国にいる、笹を食べる、この動物はなんでしょう。」

「黄色、くだもの、フィリピンで採れる。これはなんでしょう。」

自由に答える問題…「中国に行ったら何を見てみたいですか?」

これらのプリント問題は静香にとって難しいことだったので、最初は一つひとつ答え方を教えていった。いろいろな考え方ができるように、いろいろな角度からものを見られるようにといった思いからである。臨機応変な対応ができるようにという思いもある。

また、先にも述べたが、急に難しいプリントを作るのではなく、六、七割はできそうな問題（すでに知っている知識）、残りはちょっと難しい問題（新しい知識）といった配分にしていた。答えが同じでも、違った問題を出し、違った角度から考えさせている。たとえば、答えが「中国」の場合、「万里の長城がある国はどこでしょう」や「人口が一番多い国はどこでしょう」「パンダがいる国はどこでしょう」「英語でChinaと書く国はどこでしょう」など、さまざまな問題を作っている。

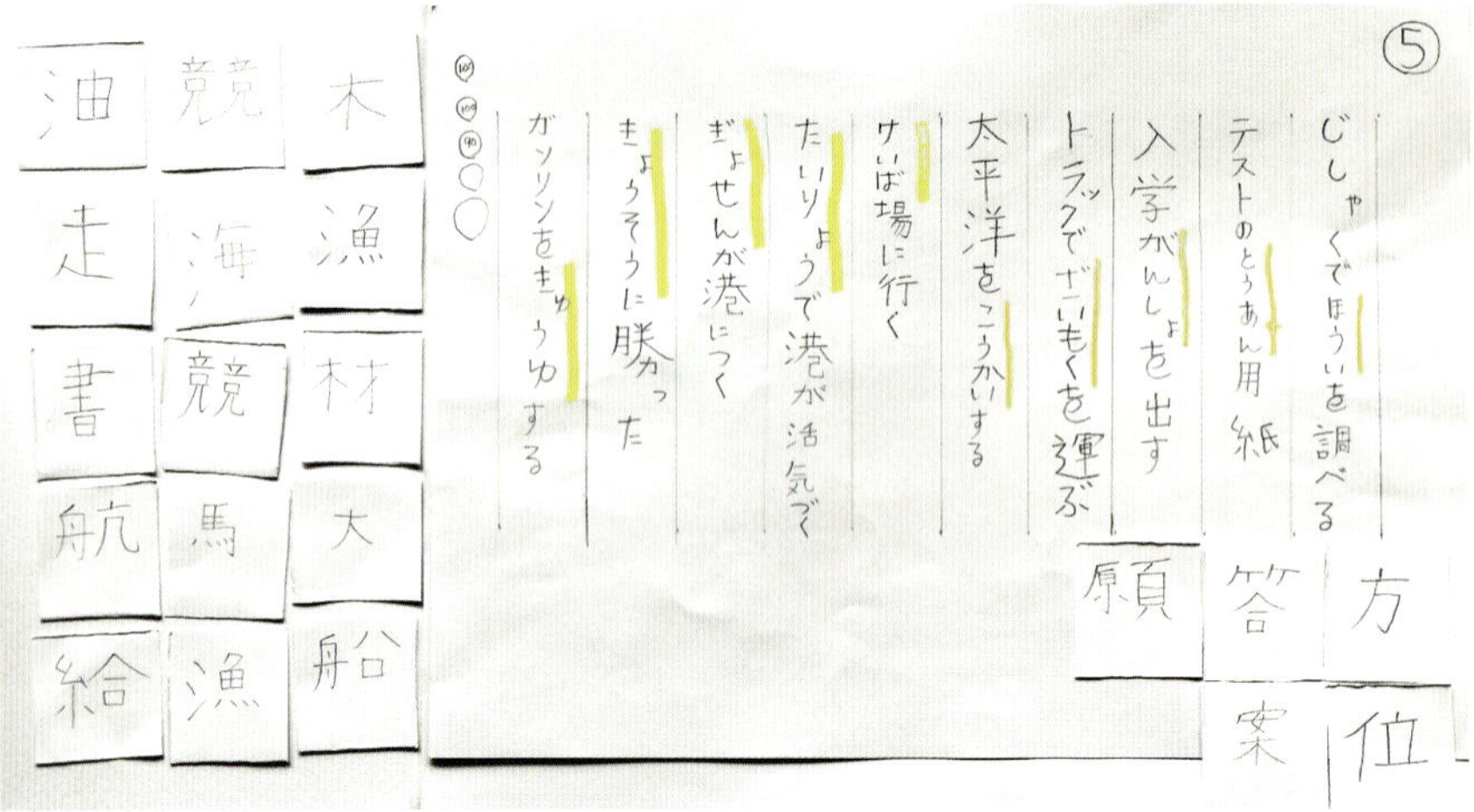

漢字カード　漢字検定に向けての勉強である。

①市販の問題プリントをして、間違った問題だけを画用紙に書く。（右）

②漢字カードを作る。（左）

③問題を読んで、熟語に合う漢字カードを選び、画用紙の下に置いていく。（右下）

④解答を見ながら自分で答えあわせをする。

⑤カードが置けるようになったら、別の紙に漢字を書くようにする。

何度も熟語を書く練習をするよりも、文脈の中で覚えたほうが理解しやすいと考えた。まずは、カードを使ってゲーム感覚で視覚的に字を覚えるようにした。静香が正解しやすい問題形式や、より楽しい学習方法を考えることが大事である。

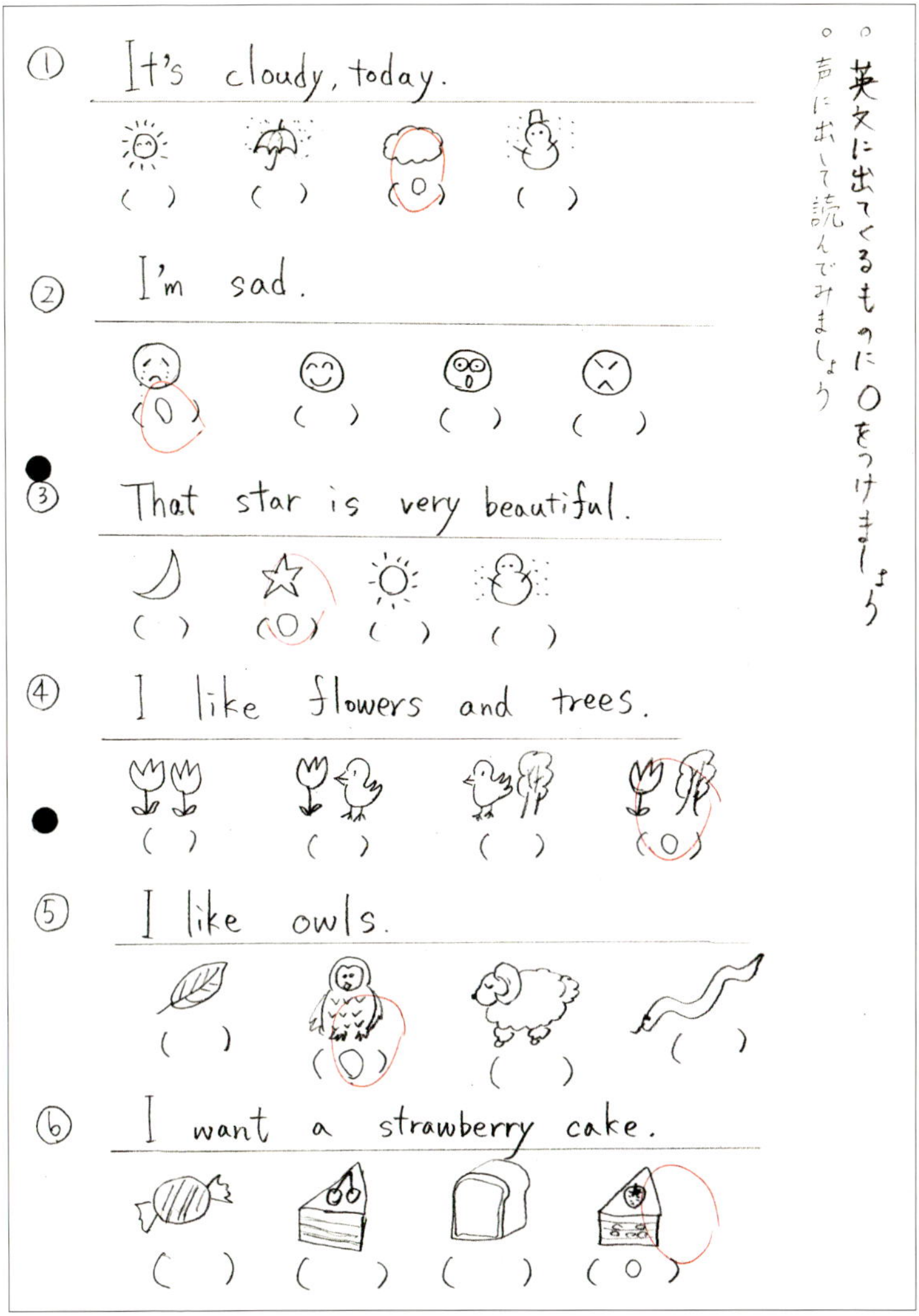

英語プリント　和訳するような問題は難しいけれど、これならほぼできるので、達成感が得られる。イラストがかわいいと静香の意欲も高まるようである。

3 知識をつなげる

教える時に大切なのは知識をつなぎ合わせていくということである。つまり、ひとつのことを教えれば、それに付随してさまざまな事柄が見えてくるので、ひとつのことを覚えるだけではなく、それにつながる事柄をどんどん探求していくことが大事になる。知っている知識が新しい知識とつながった時に知の世界は広がり、深まっていくからである。

——食べ物・栄養

小学校の教室には、その日の給食の献立イラストと一口コメントが書かれたプリントが貼ってあった。静香はそのプリントを毎日もらって帰ってきて、何度も家で読み返していた。プリントには、季節の野菜や正月のおせち料理の話、ゴーヤチャンプルーなどの郷土料理の話、プルコギなど外国の料理、ビタミンや炭水化物など栄養の話などが掲載されている。私たちでも知らないことがいろいろ書かれていて、確かに楽しい。

これは使えると妻は考え、どこの県の郷土料理か、どこの国の料理か、どんな材料が入っているか、どんな栄養があるかなどさまざまな食材について問題プリントを作った。「プルコギはどこの国の料理ですか」「春の野菜を三つ書きましょう」などといった具合である。静香はとても喜び、毎日欠かさず学校からプリントを持って帰ってきては、「お母さん、問題作ってね」と頼んでいた。都道府県やいくつかの国名がわかるようになっていたので、このプリントによってさまざまな地域と食文化が結びつき、知識が広がっていったことと思う。

歴史

知識のつながりというのは、たとえば、**百人一首**→（百人一首に出てくる）**阿倍仲麻呂**→（仲麻呂は遣唐使だった）**遣唐使**→（同じく遣唐使だった）**空海**→（帰国後空海が住んだ寺）**東寺**→（空海を東寺に住まわせた）**嵯峨天皇**→（嵯峨天皇の別荘）**大覚寺**、という具合である。静香にとって、百人一首、東寺、大覚寺はよく知っていること、行ったことのある場所であり、遣唐使、空海、嵯峨天皇は新しい知識である。知っていることばかりではつまらないし、知らないことばかりだと難しくて学習が嫌になる。知っている知識と知らない知識をつなぎ合わせて教えるとわかりやすいのである。つなぎ合わせることで、新しい知識も理解しやすくなるだろう。

こんなことがあった。東寺の前を車で通った時である。静香は、二、三日前に妻が遣唐使の話をしていたことを思い出したようで、「空海がいたんだね」と言ったのである。知識がつながることの楽しさ、喜びは誰しも同じであろう。唐から戻ってきた空海がここに暮らしていたのだと思うと、静香にとって東寺は今までの東寺とは違った風景に見えたに違いない。

またこんなこともあった。旅行で静岡県の田子の浦に行った時のことである。百人一首で「田子の浦にうち出でて見れば白妙の　富士の高嶺に雪はふりつつ」という歌を覚えていた静香は、「山部赤人《やまべのあかひと》もここで富士山を見たんだね！」と言って感動していた。スイスの勉強をした時には、「ハイジが住んでいたね」と言い、エジプト文明を学習した時にミイラの話をすると、「アンパンマンにミイラが出てくるよ」と言って、一生懸命ミイラの話を聞いていた。

知っている知識があるからこそ、新しい知識がそこにつながっていくのである。静香が何を知っているかを理解することも、教える側にとって大事なことであろう。

4 楽しく学ぶ

学ぶ内容と同様に教材も静香の興味を引くように工夫している。かわいいもの、カラフルなもの、好きなキャラクターなどである。静香の場合、色合いや形など目で見て楽しいと感じることは重要なようだ。すごろくやパズルを使った学習については前作で紹介したので、ここでは中学生になってからの学習について述べる。

アンパンマンの地図

たとえば、地図の学習について紹介しよう。旅行で知らない場所に出かけた時、観光用の地図をもらってそれを見ながら散策することがある。地図の学習というのは、こんな時に静香も一緒に地図が読めたらいいなと思って始めた学習である。

けれども、妻は警察や消防署などの地図記号を覚えたりするだけではおもしろくないだろうと思い、アンパンマンのキャラクターのイラストをプリントアウトし、小さく切って手作りの地図の中に貼っていった。静香はアンパンマンが大好きなのである。

プリントには「メロンパンナちゃんの家の南には何がありますか」、「おむすびマンの家に一番近いのはだれの家ですか」といった問題が書かれている。

静香はとても喜んで学習に取り組んでいた。二枚目になると、道だけが描かれた紙に静香が好きなキャラクターをはさみで切って、好きな場所に貼っていったのである。静香オリジナルの町を作るのである。そして、それをもとに妻が問題プリントを作るという具合である。

❇―――「食材を買おう」の学習

これは静香が一番好きな学習である。この学習は静香が食べ物に興味があるので、自分が食べている料理はどんな食材で作られているのかを知ってほしいという目的で妻が考案したものである。

食材カードをたくさん作り、すべて裏に値段を書いておく。手作りのメニューを見ながら献立を考えて、どんな材料を買えばいいのかを考え、食材カードを集める。集めたカードを見ながらプリントに食材の名前を書いて、裏を見ながら値段を書き、最後に電卓で計算して合計金額を書き、おもちゃのお金で合計金額を支払ってもらう。

初めは妻が作ったメニューを見ながら献立を考え、味噌汁の作り方や肉じゃがの材料などを教えてもらいながら学習していたが、すぐに自分で新しいメニューを作るようになった。食材カードを見ながら静香が新メニューを考案しているのである。「鯛のコトコト煮込み」「小松菜のあたたかおでん」「夏野菜のサンドイッチ」「秋のカレーピラフ」など季節を感じるメニューや意外な取り合わせの料理など、とてもユニークで美味しそうなのである。これは考えもしなかったことであり、豊かな創造力を感じさせられる。

絶対これでないといけないという答えはないし、自由な発想でメニューを考えれば良い。材料も自由である。味噌汁の材料にハムが入っていた時には、「へー、どんな味だろうね」と家族三人で笑いながら話した。

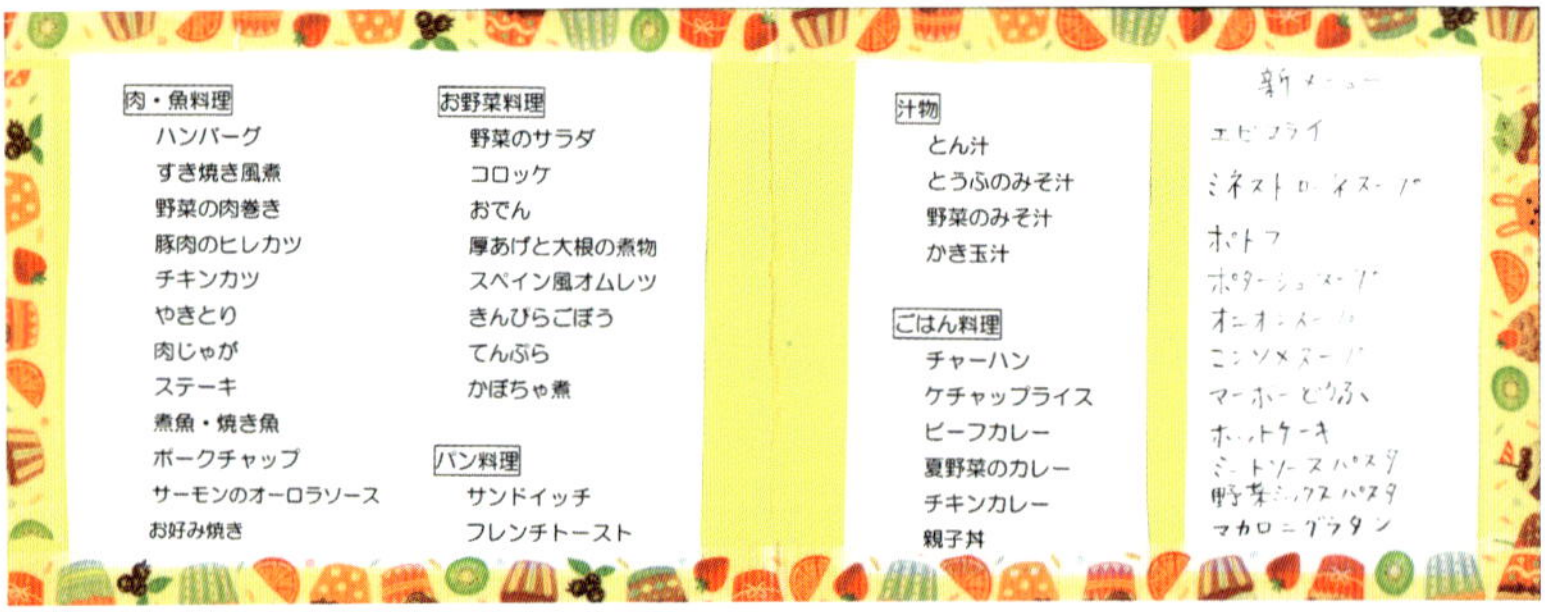

食材を買おう　上は、家族で作った食材カード。マカロニ、山椒、粉チーズは静香のリクエストで作った。さまざまな材料が必要となり、材料のプリント（次ページの下）は３枚くらいになる。下は、妻が作ったメニューである。

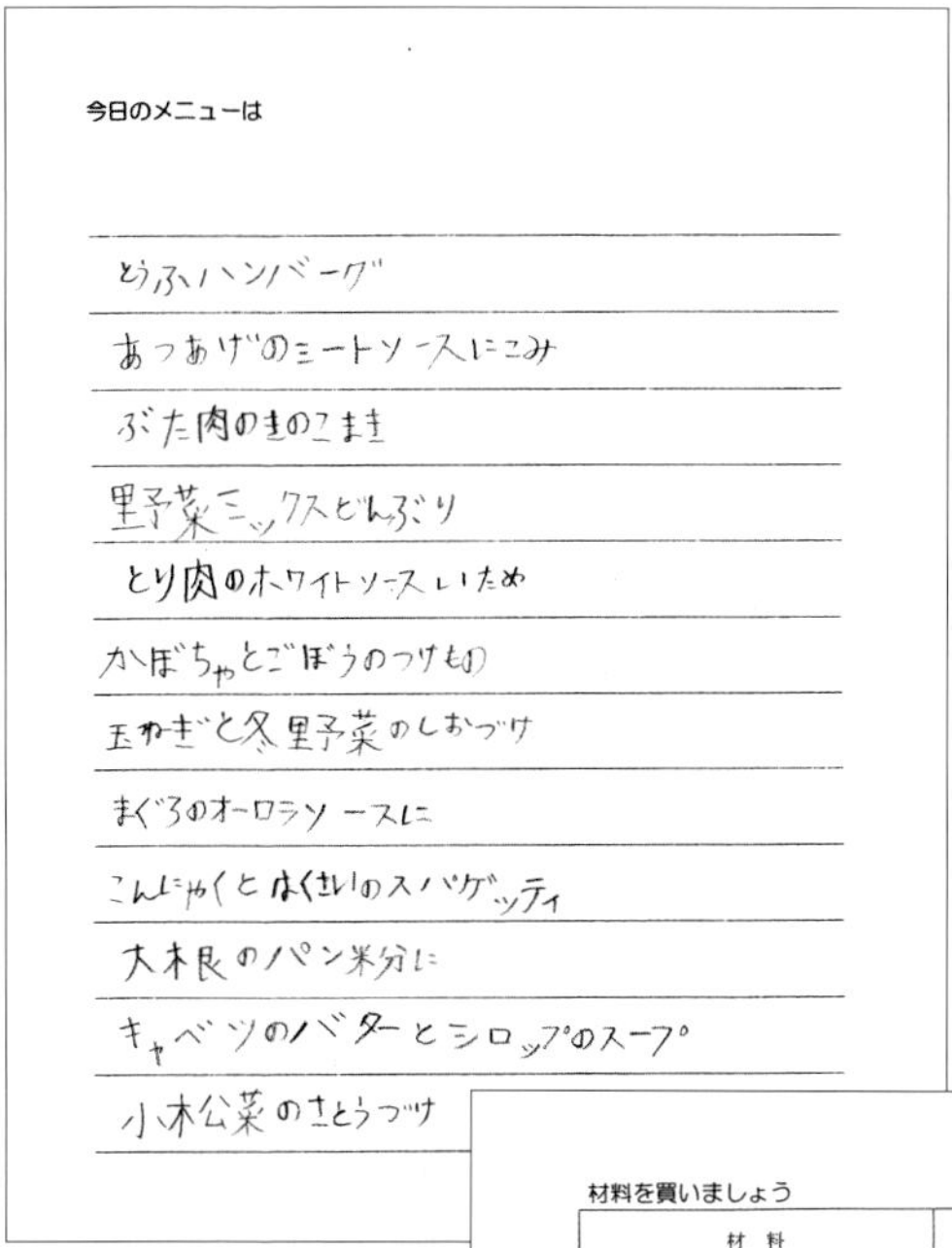
今日のメニューは

とうふハンバーグ
あつあげのミートソースにこみ
ぶた肉のきのこまき
野菜ミックスどんぶり
とり肉のホワイトソースいため
かぼちゃとごぼうのつけもの
玉ねぎと冬野菜のしおづけ
まぐろのオーロラソースに
こんにゃくとはくさいのスパゲッティ
大根のパン粉に
キャベツのバターとシロップのスープ
小松菜のさとうづけ

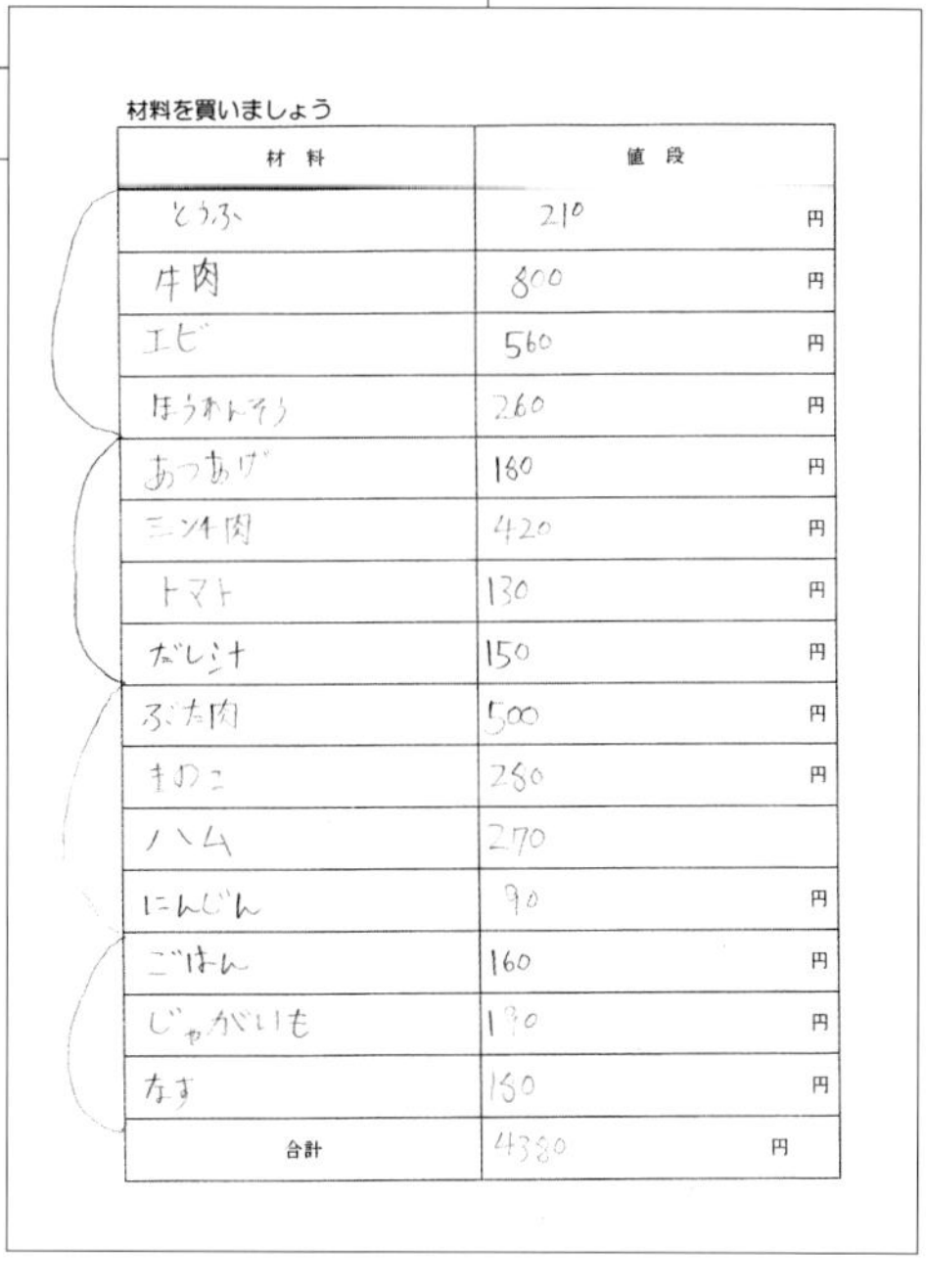
材料を買いましょう

材料	値段
とうふ	210 円
牛肉	800 円
エビ	560 円
ほうれんそう	260 円
あつあげ	180 円
ミンチ肉	420 円
トマト	130 円
だし汁	150 円
ぶた肉	500 円
きのこ	280 円
ハム	270
にんじん	90 円
ごはん	160 円
じゃがいも	130 円
なす	160 円
合計	4380 円

静香が考案したメニューとそれに合わせた材料表。最近では、豆腐二丁、にんじん三本など、分量を書くようになった。

5 夢と感動とロマン

妻が考える静香の学習方法にあえて名前をつけるとしたら、「夢と感動とロマンの学習」であろうか。ピラミッドの謎、くじらが大海原を泳いでいる姿、縄文時代の人の生活、恐竜の世界、地球の誕生、人類の誕生、百人一首の世界、太陽系の惑星、これらは誰しも興味をひく内容であろう。知らない世界を知りたいという気持ちや、なぜ、どうして、という不思議な気持ちが自然と生まれてくる。

まずは、これがピラミッドという名前であることや縄文時代という時代があったことなどから理解をすすめ、それぞれのことがらの特徴、たとえばピラミッドなら、大きな石を積み上げてできていること、縄文時代の人はドングリや木の実を食べていたことなどを説明する。それから少しずつどのようにピラミッドを作ったのだろう、昔の人はどんな生活をしていたのだろうか、何を考えていたのだろうかなど想像を膨らませながら一緒に話し合ってみるのである。

図鑑や本を見ながら一緒に答えを探すこともある。知らない世界に思いを馳《は》せ、美しさや壮大さをイメージしてみるのである。「恐竜はもういないの？　どうしていないの？」静香の疑問に答えるため妻も勉強を欠かせない。マヤ文明の学習をしていると、「生贄《いけにえ》ってなに？」、エジプト文明の学習の時は「ミイラって何？」、静香の興味や疑問はつきないからである。静香が「これはなんだろう」「へーすごい」などドキドキワクワクするような話や言葉を入れながら、知的好奇心をどんどん引き出すような学習を続けていく。

静香のするどい質問にすぐさま答えが出ない時は、二人で本や図鑑を広げて調べたりしている。答えがわからないこともある。そんな時は二人して「不思議だねー」と首をひねっているのである。

インカ帝国の話を勉強した時には、「文字がない文明」ということに静香はたいへん驚いていた。古代ギリシャ文明の勉強をすると、ギリシャの神々の名前に興味を持った。ポセイドンという言葉の響き、確かにかっこいい。いろいろな神を知りたいというので、インターネットで大理石の像の画像をとってきては印刷した。日本の仏像とはまったく違ったそれらの像を静香は興味深く見入っていた。

カンボジアの勉強をした時には、「かぼちゃという名前はここからきたんだよ」と言うと、静香はとてもおもしろがっていた。エジプト文明を勉強した時には「ファラオ」や「太陽神ラー」という言葉の響きがかっこよかったようだ。象形文字やミイラにも興味を持っていた。知っている知識と新しく知った知識をつなぎ合わせることによって、静香の知識の世界はより深く、より広くなっていく。おもしろい！　不思議！　かっこいい！　知ってる！　心がワクワクする瞬間こそ知識が身につく時であろう。

第6章

学びの実践　その3

1

得意なことを伸ばす

これは、苦手なこと、興味のないことを学ぶのではなく、興味のあることを徹底的に学ぶということである。結局、これが一番楽しいのではないだろうか。それが知的障がいのある子供にとって学習の重要な糸口となるように思う。嫌いなこと、興味のないことはしないし、無理にさせることもできないし、時間も労力も無駄になってしまう。それよりも、したいこと、読みたい本、聞きたい音楽を存分に楽しむ。そのほうが、結果的には効果的なのではないだろうか。好きなことや楽しいことをしていると、もっと頑張ろうと思って、努力をする。努力をすればより上手になり、それは成功体験となる。成功体験は次へのステップにつながり、新たなチャレンジを生むのである。

2
百聞は一見にしかず

机上の勉強ばかりでなく、実際に見ることも大事であろう。博物館や美術館、動物園、水族館、お寺や神社にもよく出かける。奈良に出かけた時、若草山を見ながら百人一首の阿倍仲麻呂《あべのなかまろ》の話をした。後日、「天の原ふりさけみれば春日なる　三笠の山にいでし月かも」の「三笠の山」ってどこだと思う？　と静香に聞くと、「若草山」と即座に答えたのには驚いた。古墳《こふん》や銅鐸《どうたく》や縄文土器も見に行った。静岡県の登呂遺跡《とろいせき》に行った時は、竪穴《たてあな》式住居や高床《たかゆか》式倉庫の中に入って、とても熱心に見ていた。発掘するということがわかりにくいようだったので、美術館のショップに売っていた発掘セットというものを買ったこともある。それはかたいレンガでできた小さなピラミッドで、これを木槌《きづち》でコンコンと根気よく崩し、崩しては刷毛《はけ》で砂を払い、それを繰り返していくとお宝が出てくるという仕組みである。静香の力でお宝を手に入れるまでに半年以上かかった。

テレビやＤＶＤ、映画などを活用することもある。静香は生き物が大好きなので、プラネットアースというドキュメント映画を見たり、動物のテレビ番組を見たりもする。本物の動物が大自然の中で躍動する姿は誰しも感動するものであろう。「アイスエイジ」や「ダイナソー」というアニメーションを見て太古の地球の様子を知ることもできた。ピラミッドやマチュピチュのＤＶＤも見た。空中から撮影された映像やピラミッドの中の映像など、本だけではわかりづらいことを知ることができた。

3 継続は力なり

継続は力なりという言葉は本当である。静香を見ていると、そう思う。学ぶことは積み重ねが大切で、コツコツ少しずつ進めなければならない。やめてしまったらそこで終わりである。静香の意欲を継続させ、学習を続けることは親である私たちにも忍耐力が必要である。あきらめることなく静香の意欲を継続させてきた妻と、それに応えるように、生まれてから今日までコツコツ学びを続けてきた静香には脱帽である。興味のないことや知りたくないことを無理やり教えているわけではないので、お互い楽しいのかもしれない。

妻は何をどうやって教えるかということを四六時中考えているそうだ。静香の学習が訓練とならないように、苦手を克服するためのものとならないように、これは妻が一番気をつけていることでもある。知的障がいがあればできないことは多くある。難しいこともたくさんある。けれどもその苦手や困難を克服するための日々ではなく、できること、得意なことを楽しむ日々であってほしいと願っているのである。

妻は毎晩遅くまで問題プリントを作り、静香は新しい問題プリントが出来上がるのを楽しみにしている。今では学ぶことは二人の趣味のようなものだ。楽しいことは続くのである。

継続は力なり、というが、継続しなければならないのは日々の学習ではなく、学習の中で得る楽しさなのである。つまり、楽しさを継続することが学習を継続させるコツなのである。

4 知恵を振り絞る

静香の学習の目的は知識を詳細に覚えることではなく、問題プリントに全問正解することでもない。点数をとるためでもなく、年号や出来事をことこまかに記憶する受験勉強でもない。大切なのは、知識をつなぎ合わせたり組み合わせたりすること、さらにはさまざまなものの見方や考え方を知ることである。

一言で言うと、大切なのは覚えることではなく頭を使って考えることなのである。さまざまな事象を知ることにより、その面白さや不思議さを感じ、そのことについていろいろ考えをめぐらせることが大事だと思っている。答えにたどり着くまでのプロセスが大事と言ってもよい。答えを教えるのではなく、一緒に考え、調べ、教材を作っていくことが大切になってくるであろう。

さまざまな事象の名前や意味を覚えてほしいのではなく、事象の裏にある歴史的な背景や人びとの思い、それを考えるのがおもしろいのである。

かぼちゃはなぜかぼちゃと言うのか、じゃがいもはどこから来たのか、マンモスはなぜいなくなったのか、なぜミイラを作ったのか。どんな疑問もそのままにせず、答えを探していくことが大事なのである。その理由を探求していく過程でさまざまな知識が必要となってくるのである。疑問を持つこと、そしてその答えを探していくこと、考えていくこと、その楽しさを知ってほしいのである。算数の計算問題なら、どこが間違ったのか、なぜ間違ったのか、それを考えることが大事なのである。妻曰く「知恵を振り絞って考えること」が大事なのだそうだ。その「知恵」の部分にたくさんの経験と知識があれば、いろいろと知恵を振り絞れるというわけである。

5　ゲーム

ゲームは一手一手さまざまなことを考えなければならない。勝つためにどうすれば良いのか、負けないようにするにはどうすれば良いのか。相手はどうするのだろうか、こうすればどうなるのかなど、予測することも必要となる。ピンチになることもあるし、運がいいこともある。

もともとは、静香と一緒にゲームができたら楽しいだろうという気持ちから、オセロやトランプのババ抜きなど簡単なゲームから始めた。なかでも静香は「人生ゲーム」がとても好きになり、一年以上、毎晩のようにしていた。先にも述べたが、静香は銀行の係をするのが好きで、一〇〇〇や一〇〇〇〇のお札を扱うことができるようになった。「モノポリー」では、破産しないようにお金を使わないといけないところがポイントで、静香もそれを理解してゲームができるようになった。ゲームでは相手とのかけひき、お金の使い方、駒の進め方などいろいろなことを考えないといけないが、静香はそれらを考えることが楽しいようである。親が考えていることを見よう見まねで覚えているようでもあった。

最近とても気に入っているのは花札とブロックス。花札はまず札の絵がきれいで惹《ひ》かれたようだ。札を合わせていくだけでも楽しいだろうと思って始めたのだが、すぐに難しいことが考えられるようになり、次の手や相手の持ち札を予測したり、何を出せば得

ブロックス　いとこたちとブロックスをして遊ぶ。

か、損か、何を最後まで持っていれば勝てるのかなど瞬時に考えてゲームができるようになった。手が小さい静香は札をすべて片手で持つことが難しいため、小さなお盆を膝の上において、そこに札を並べてゲームをする。このようなちょっとした工夫もゲームを楽しむには必要である。

ブロックスは、写真のような平面のブロックの角《かど》を合わせてつないで盤面に置いていくゲームである。ブロックは、小正方形がいろいろ組み合わされた形になっていて四色に分かれている。盤面がどれだけ空いているか、そこにどの大きさやどんな形のブロックが入るのかを考えなければならない。自分の色のブロックを多く置き終えた人が勝ちになる。

このゲームには図形など数学的な思考が必要なので、静香には難しいのではないかと思ったが、算数が苦手な静香もゲームとなると上達が早く、とても気に入って毎日何度も遊んでいる。ゲームの後半になると置き場所が少なくなってくるので、うまくつなぎ合わせることが必要となってくる。

静香は相手の置き場所を邪魔するのが得意で、大胆に置いてくるのがおもしろい。時々「私がここに置くと、お父さん置けなくなるけどいいかなあ?」などと気遣ってくれることもある。

静香は新しいことを知りたいという探究心とともに、考えることも楽しんでいるように思う。妻の論理や仮説を聞きながら、静香自身も自分なりの意見を考えている。それは当然まだまだ未熟なものであるが、考えることは大事である。自由な発想で物事を捉えるのは静香の得意とするところである。こうした思考を積み重ねることにより、今後学んだ知識や経験を応用していく力を伸ばしてくれればと思っている。

6　主体性・自律性を伸ばす

もうひとつ妻が大切にしているのは主体性と自律性である。学びたいことを選ばせたり、学習の方法や、後述するアートの制作方法を静香自身に考えさせるのである。「人生は選択の連続である」と誰かが言っていた。その通りである。朝起きてから寝るまで、さまざまなことを選択し決断しなければならない。静香にも自分で自分の行動を決定できる人になってほしいと思っている。朝起きたら何をするのか、夕食後の時間は何をするのか、一つひとつ自分で考えて決めてほしいのである。

手紙や日記の文面も自由に考えさせ、多少間違っても訂正はしない。作業する時も親が決めるのでなく、はさみを使うか、のり貼りをするか、どこに貼るか、どういった順番で作っていくのか、横書きか縦書きか、静香の意向を大事にしている。

もちろんこれにはタイミングがある。幼稚園の頃に「自分で考えて」と言っても、それは無理である。静香の成長段階を見ながら、今ならどれくらいのことを自分で決められるかを見極めたうえで、静香の主体性を重んじている。はさみやのりを上手に使えない時期には、何度も静香のそばで使って見せる。私たちがどのように作業しているのかを何度も見ているうちに、だんだん方法を覚えていくのである。道具がうまく使えるようになれば、どの道具を使うのかは静香が決めるし、手順を理解できるようになれば、どの順番で作業をするのかを静香が考えるのである。

自分は何ができるのか、上手にできない原因は何なのか、どうすれば楽しいのか、何をすればできあがるのか、どの順番で作業をすれば良いのか、どこに道具をおけば作業しやすいのかなど、一つひとつ自分で考えることが大事だと思っている。

もちろん、どんな時も妻は静香を一人にしてはいない。静香が一人で作業している時は近くで料理をしたり、アイロンがけをしたり、問題プリントを作ったりしながら、様子を見ている。「困ったことがあったら呼んでね」と常に静香に声がけをしている。

困った時は答えを教えるのではなく、解決するための理屈を教えているように見える。たとえば、スティックのりでのり付けをしている静香が、「のりが付かない」と言い出した時、妻はスティックのりを回してのりを出すのではなく、スティックのりの先を静香に見せて、「のりを使ったからなくなってしまったのよ。回したらのりが出てくるよ」と説明するのである。もちろんここでスティックを回すのは妻ではなく、静香である。どちらかに回せばのりが出てくること、逆に回すとのりが下に入ってしまうこと、それを自分の手と目で確認することが大事なのである。こうすれば次回からは静香はのりがなくなっても自分で解決できる。どんなことも一つひとつ目で見て覚えさせ、丁寧に理屈を教えていくのは大変であるが、結果としては静香が一人でできることが増え、それが主体性や自律性につながっていく。

ピアノの練習や漢字の学習などは毎日の積み重ねなので、退屈なこともある。そのためそうした学習には、より主体的に取り組む気持ちが持てるかどうかが重要であろう。上手になりたい、試験に合格したい、という気持ちが意欲や主体性につながるように、論理的に考えられるように少しずつ理屈を教えることも必要となる。「こつこつ練習をすれば上手になる」「漢字を丁寧に書く練習や覚える努力をすれば合格できる」という理屈が理解できるまで、練習や学習を継続させるのが一番大変である。たとえば、ピアノの練習が嫌な時は、好きな音楽を聞くなど、違う形で音楽の楽しさを感じさせたり、漢字の練習が退屈になったら、漢字カードづくりや本を読むことで漢字に親しむなど、ゆっくり、少しずつの積み重ねが大事だと考えている。

以上、ほんの一部だが学びの実践について紹介してきた。

学びと一口に言っても知識を得るだけでなく、学習の過程で手先を使ったり、感動したり、笑ったり、考えたり、失敗したり、自信を持ったり、努力をしたりと、言い表せないほどたくさんのことを学び、経験しているのである。静香にとって学習することは知らないことを知るだけの時間ではなく、家族で楽しむ時間でもあり、あらゆる意味で成長の場でもある。

学んだことがどのように静香の心の中で生きているのかは誰にもわからない。私たちには表出されたものしか見えないからである。けれども学んだこと、考えたこと、感動したことは、見えないところで、つまり静香の心の中にとどまり、その心を豊かにしていると信じている。

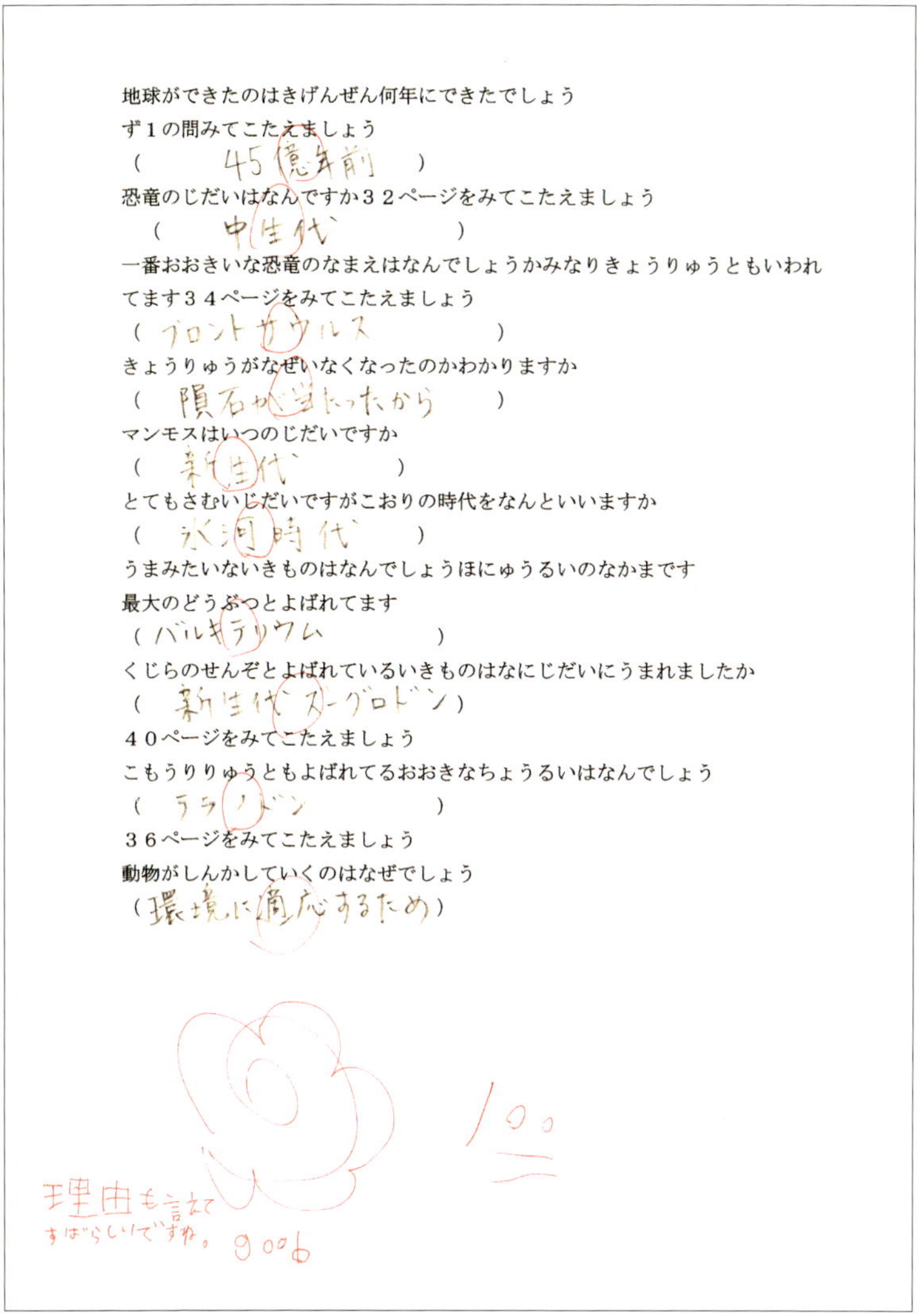

地球ができたのはきげんぜん何年にできたでしょう
ず１の問みてこたえましょう
（　45億年前　）
恐竜のじだいはなんですか３２ページをみてこたえましょう
（　中生代　）
一番おおきいな恐竜のなまえはなんでしょうかみなりきょうりゅうともいわれ
てます３４ページをみてこたえましょう
（　ブロントサウルス　）
きょうりゅうがなぜいなくなったのかわかりますか
（　隕石が当たったから　）
マンモスはいつのじだいですか
（　新生代　）
とてもさむいじだいですがこおりの時代をなんといいますか
（　氷河時代　）
うまみたいないきものはなんでしょうほにゅうるいのなかまです
最大のどうぶつとよばれてます
（　バルキテリウム　）
くじらのせんぞとよばれているいきものはなにじだいにうまれましたか
（　新生代　ズーグロドン　）
４０ページをみてこたえましょう
こもうりりゅうともよばれてるおおきなちょうるいはなんでしょう
（　ランフォドン　）
３６ページをみてこたえましょう
動物がしんかしていくのはなぜでしょう
（環境に適応するため）

100

理由も言えて
すばらしいですね。　good

静香が作った問題プリント　『せいめいのれきし』を読みながら、静香がパソコンに問題を打ち込んだ。答えているのは妻、丸つけは静香である。

第七章

学びの表現

前章までは、学び、学習について述べてきた。学習することはある意味入力作業、インプットである。入力作業の反対は出力、アウトプットであるが、それが静香の場合は、表現活動だと思っている。静香の場合は絵本づくり、ピアノ演奏、アート制作、手芸などである。

静香は学習と同じくらい表現活動に没頭する。毎日三〇分くらいピアノの練習をするし、アート制作は二、三時間好きな音楽をかけながら無言で制作に集中している。次から次へとアイデアが出るらしい。

静香は見て覚える、つまり視覚を使って学習することが得意だと、先に述べたが、もうひとつ、静香を見ていて気づくのは、創造力がとても豊かなことである。

二、三歳の頃、自分からハンドサインを作ってみせたように、何かを作り出す能力、知っている知識を自分なりに再構成して表現する能力が高いように思う。そして静香自身もそうした遊びや学習方法をより好んでいる。たとえば、先に述べた「食材を買おう」の学習や、日記を書くことなどは、ある意味ルールがないので、静香の創造力が発揮される。そういう学習は飽きずにずっと何年もの間継続されている。ブロックスも同様であろう。毎回ブロックを自由に違った場所に置き、違った結果が生まれるからである。

アート制作をする静香　自分で道具をきれいに並べてから始める。フエルトや折り紙を切り貼りしたり、マスキングテープやシールを貼ったり、絵を描いたりして作る。現在150枚ほどの作品が出来上がっている。

すごろくを自分一人で作ったり、『せいめいのれきし』を全文書き写したり、最近では漢字や算数、社会などの問題プリントを一人で作ることもよくあり（一一七頁参照）、学習の方法も静香が作り出していると言ってよいほどである。

また、静香が作る詩にはとても真似できない感性や心の美しさが表現され、描く絵はとてもきれいで、そのどちらにもオリジナリティがある。静香は見たものを頭の中で再構成して、自分が描きたい形や色に変化させて描いているように思う。その再構成の過程で必要なのは、持って生まれた才能と後天的に身につけた知識なのではないかと思う。学習や表現活動にこうした静香の長所を取り入れることは重要な要素であるし、逆に創造力を制限するような指導方法は静香の意欲をそいでしまうであろう。

1　絵本づくり

小学校五年生の時、ある日、絵本を作りたいと言って、文章を書き始めたのが始まりである。

主人公は静香とフクロウのすみれちゃんで、「静香ちゃんとすみれちゃんのパーティ」「静香ちゃんとすみれちゃんの星のたび」「静香ちゃんとすみれちゃんのおかいもの」「静香ちゃんとすみれちゃんのすいぞくかん」と全部で四作品を作っている。文章も絵もあふれるようにアイデアが出てくることに驚かされた。

おじいちゃんふくろうと
おばあちゃんふくろうと
お父《とう》さんふくろうと
お母《かあ》さんふくろうと
女《おんな》の子《こ》のふくろうが住んでいました。

4

女の子のふくろうの名前《なまえ》は、すみれちゃんです。
８才《さい》です。

5

絵本　静香が文章と絵を描いた「静香ちゃんとすみれちゃん」シリーズ。下は、同シリーズ第１作『静香ちゃんとすみれちゃんのパーティ』の本文(4〜5ページ)

2 ピアノ

ピアノは音符を読み、リズムを把握し、指使いを覚えるといった基本はあるものの、実際に弾くとなると、そのほとんどは気持ちで弾いている、と妻は言う。音の強弱にしても、リズムにしても、すべての音に感情を乗せていく作業がピアノを弾くということなのだろう。一音一音、頭で考えたことを指先に、両手に、時にはペダルを踏む足に伝える。それはとても難しい作業だろうと、ピアノが弾けない私は思う。

静香は一曲弾くごとに「どうだった?」と聞く。「よかったよ」と答えるのではなく、「リズムがよかった」「丁寧に落ち着いて弾けていた」「最後の部分、間違わなかったね」など、妻は具体的に褒める。静香の演奏を聞けば何に注意して弾いていたかわかるそうだ。

嫌にならないために好きな曲を選んであげることが必要だと言い、バイエルやソナチネより、ジブリやディズニーなど、知っている曲を練習している。同時に指運びの練習やペダルを踏む練習もこつこつ頑張っている。

間違った音を自分で修正できるようになってからは、妻は口を出さないようにしているそうだ。自分で間違いに気づくこと、どこが間違っていたのか、どうすればうまく弾けるのかを自分で考えて練習しなければ意味がないからである。ピアノは漢字を覚えるのとは違い、気持ちがなければ弾けない。静香の気持ちは指導してどうこうなるものではない。優しい音で弾きたい、大きな音を出したい、楽しそうに弾きたい、それは静香しか決められないし、指を動かすのも静香の意思なのだから。

最近では、「さみしい感じのきらきら星を弾く」と言って、ゆっくりしたテンポで少しリズムも変えて、いかにもさみしげに演奏している。確かにさみしい感じに弾けている。これには正直驚かされた。どうすればさみしい感じになるのかを、自分なりに工夫できるのだから。これもまた静香の創造力のたまものであろう。

3　アート作品

アート制作はピアノよりももっと自由である。いろいろな色の画用紙、筆記用具、色紙やフエルト、マスキングテープ、シールなど、一緒に材料を買いに行く。静香はたくさんの商品の中から、あっという間に好きな画材をいくつか選ぶ。そしてたくさんの材料を机の上にならべ、イメージした作品に必要な材料を選んで制作している。

作品が完成したら小さな紙にタイトルとコメントを書いている。これも静香が考案したものである。作品だけでなく、このコメントを読むと、より作品の楽しさが伝わってくるのである。

アート作品のタイトルを見ると、「南極に住む仲良しのペンギン」「サバンナの森」「星の世界」「夜のふくろうの森」など、広い世界をイメージしたものが多く、静香がどんなものに心惹かれているのかがわかる。

最近、「うたのえほん」なるものを作り出した。赤ちゃんの頃から大好きな歌の絵本を自分で作るというのだ。もちろん音が出るものではない。一枚の紙に歌の歌詞を書き、絵を描くのだ。歌詞は静香がパソコンで打ち、プリントアウトしたものに絵を描いている。

アート作品もピアノも「心という土壌の上に咲いた花」である。豊かな感情と豊富な知識、柔軟な発想があってこそ、すばらしい作品や美しい演奏ができるのだろう。

ウィンター・ワンダーランド

ソリに　のって　ゆこう　きれいな
やまなみも　よんでいる　たのしい
ウィンター・ワンダーランド

あおい　とりさえ　いつも　さえずり
こいのうた　うたってる
たのしい　ウィンター・ワンダーランド

ゆきだるまを　つくって
あいの　ことばを　かき
ふたつの　こころを　かたく
むすんで　おこうよ

ゆきの　てんしも　ふたりの　かたに
しあわせを　もってくる
たのしい　ウィンター・ワンダーランド

うたのえほん

『ふくろうと宝石』

『ハロウィーンパーティ』

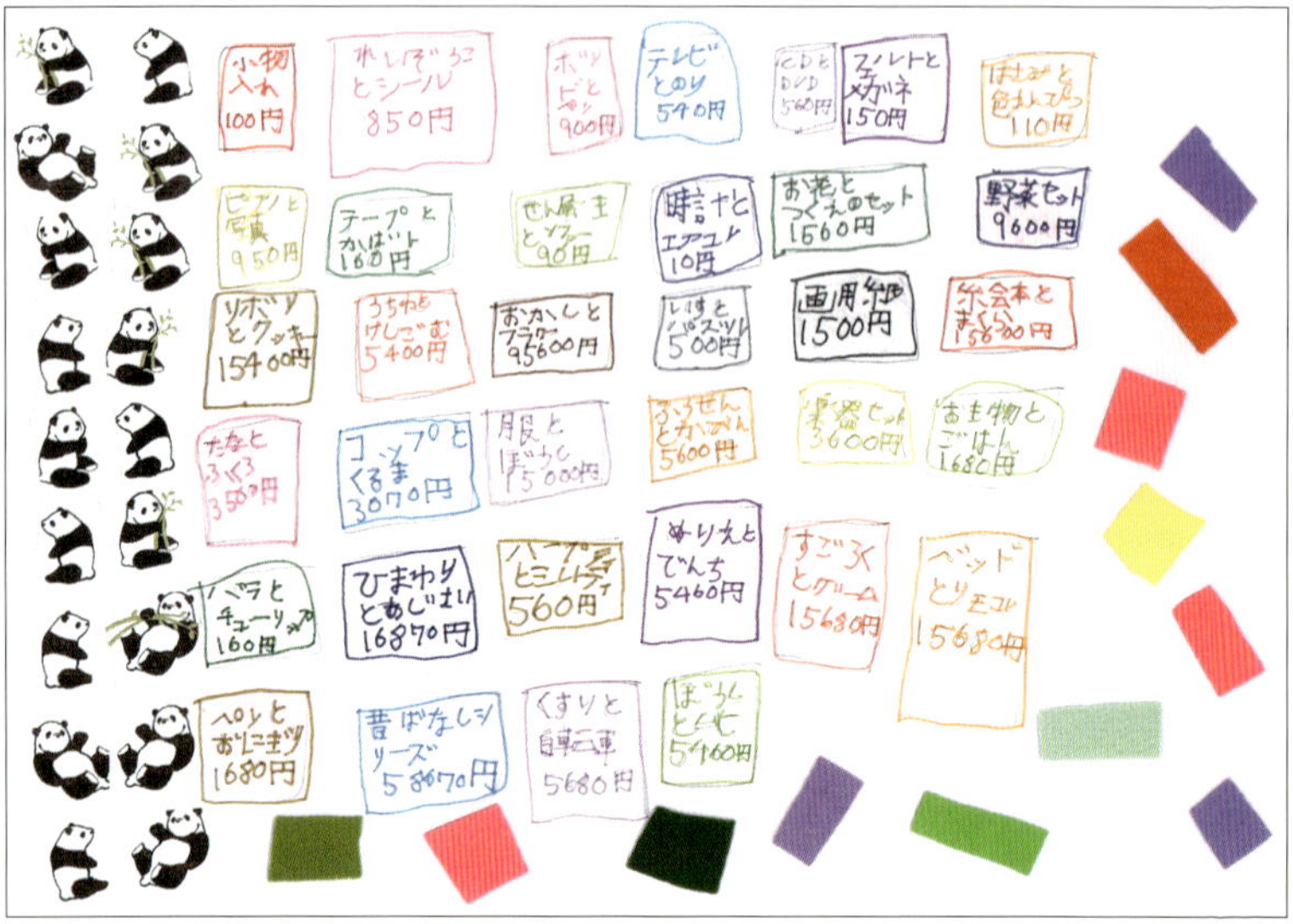

『ショッピングモール』

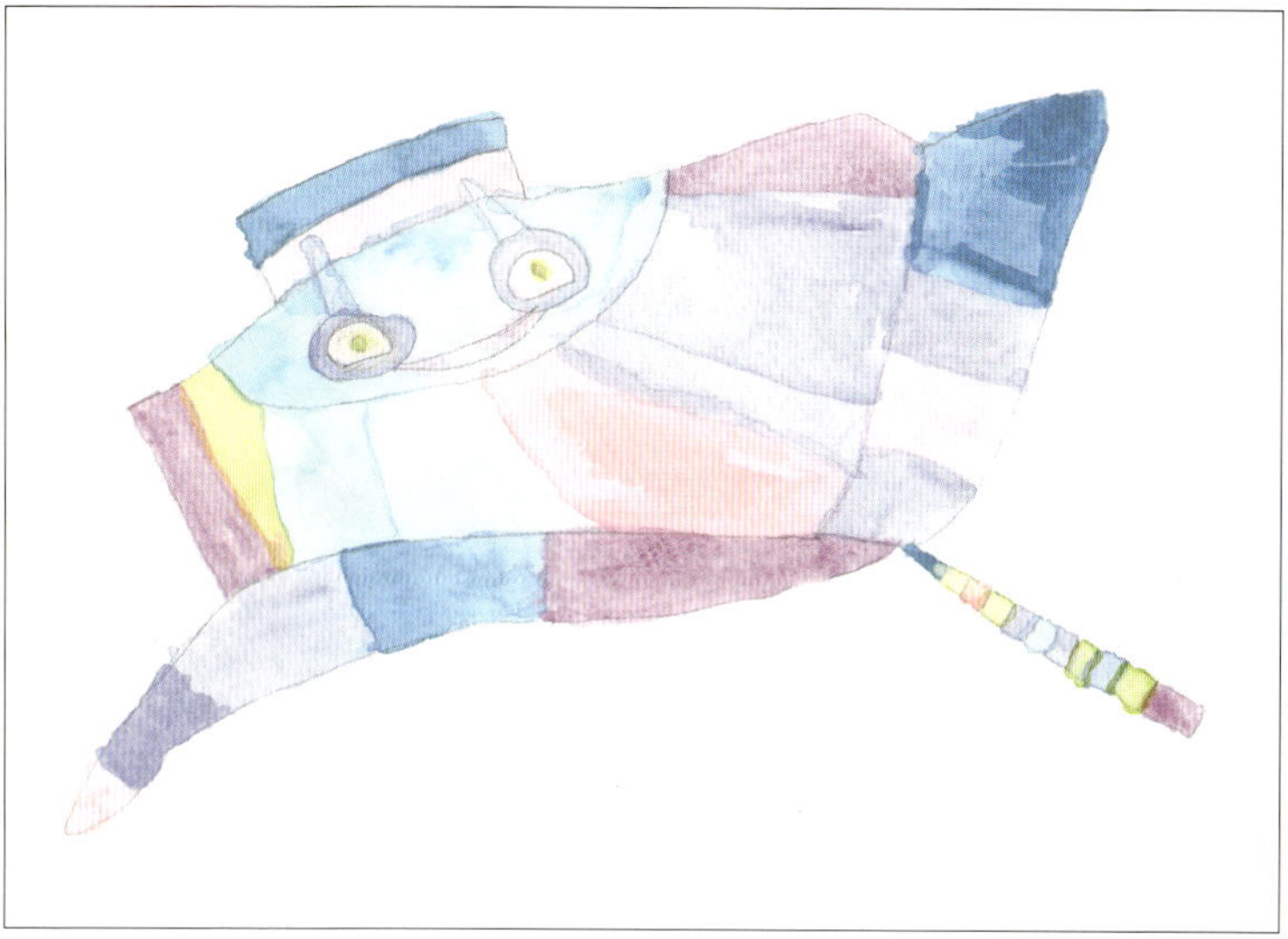

『さんごしょうに住む美しいマンタ』

『かわいいさる』

水彩画を描く静香　画家だった祖父の形見の筆と絵の具を大切に使っている。

おわりに

ほたるの詩

おしりがピカピカ
きれいなピカピカ
星みたいな
楽しそうな
ほたるがおどってる
ワクワク
ウキウキ

車の音へいきかな
雨もへいきかな

これは中学一年生の時に静香が書いた詩である。

家族で近所に蛍を見に行ったあとに書いたものである。街中のしかも大通り沿いの小さな川に蛍が飛んでいるのである。雨上がりで少し道がぬかるんでいた。詩を読むと静香の心が見えるような気がする。私はこの詩がとても好きである。

静香にとって学びとは。それは知識を増やすだけではなく、心を豊かにし、余暇の時間をより有意義なものにし、人との会話の幅を広げ、見る世界を広げ、いつしか静香の人生をより楽しくしていくものであると信じている。

知的障がいのある子供に何かを教えることは、親にとってとてもエネルギーと時間がいる作業である。あまりに時間がかかるため、疲れてやめてしまうこともあるだろうし、子供が言うことを聞かず、嫌になってしまうこともあるだろう。やはりできないのではないかとあきらめてしまうこともあるだろう。けれども、子供は日々成長しているということを忘れないでほしい。今できなくても、今興味を持たなくても、明日は違うかもしれない。

子供の可能性と能力を信じて、小さな一歩であっても、一歩ずつ前に進んでいくことが大事であることを実感している。子供の能力を信じるというのは、ないものをあると信じるのではなく、子供の様子をよくよく観察することによって、持っている能力や特性を見つけることができるという意味である。

静香と過ごす日々のなかで、知的障がいがあっても、素晴らしい能力や感性をたくさん持っているということをいやというほど教えられてきた。「知的障がい」という言葉にとらわれず、子供が持っている能力がすくすくと育つよう寄り添うことが、親の役目なのかもしれない。

政治の仕組みや法律など、静香に教えたいことはまだまだある、と妻は言う。世の中のシステムは複雑であるが、少しでも自分が生きている社会について知り、安心して生活ができるようにとの思いからである。これまで学んできたことがらについても、今後も学びを深めていくそうだ。静香が興味を持った時、静香が知りたいと思った時が二人の学習が始まる時である。私も時間のある限り「お母さん授業」に参加してみたいと思っている。

あとがき

本書を執筆するに至った動機は、以下のような危機感に突き動かされたからである。相模原障害者施設殺傷事件の例を挙げるまでもなく、知的障がい者への偏見や差別は日本社会に根強く残っている。共生社会、インクルーシブ社会が提唱される現在においても、障がい児に対する虐待や育児放棄などの暴力が、一般の人びとの目には見えにくい形で進行しているのである。そうした状況を見聞きすることが減るどころか、むしろ近年になって増えていることに私は強い危機感を抱いている。

社会には、包摂と排除という二面性がある。これは社会だけに限らず、人間の意識にもこうした二面性があるのではないだろうか。障がい者差別の文脈で言えば、社会あるいは人間の意識には、障がい者を差別することなく、共に生きていこうとする包摂の論理と、意識的か無意識的かはともかくとして、障がい者を自分たちとは違う特別な存在として差別し、排除しようとする論理があるのである。

包摂を目指す社会においても、排除の論理は隠然と存在する。ナチス・ドイツによる障害者の大虐殺や相模原障害者施設殺傷事件に見られる優生思想は、その最たるものだが、社会のあちこちにそのような思想が見え隠れしている。たとえば、新型出生前診断によって、ダウン症の可能性のある胎児を堕胎することは、排除の論理によって行なわれるものであると言ってよいかもしれない。本書の前半で触れた知的障がいのある子供たちに適切な教育を与えないこともまた、障がい者に対する差別意識の表れであると言っても過言ではないだろう。

障がい児教育は、学校の先生や障がい児教育の専門家だけでなく、もっと多くの人たち、特に何かを教える立場にいる人たちが積極的に取り組むべき課題であろう。また、現在まで、知的障がい児に対する教育問題は、一般社会からは目に見えにくい形で存在しているが、そこにはらむ諸問題を解決していくためには、限定的で特殊な世界の問題としてそれらを閉じこめるのではなく、もっと開かれたオープンな形にして、問題を共有していく必要がある。

二〇一八年より、勤務先の国立民族学博物館において、中学生以上の知的障がいのある方を対象とした学びのワークショップ「みんぱく Sama-Sama 塾」を開催する。

Sama-Samaとは、マレー語で「あなたと私は同じですよ、一緒ですよ」という意味である。障がいがあっても健常者と同じように生きられること、それが私たちが目指すべきインクルーシブ社会である。障がいのある人が地域の中で生活し、買い物をしたり、働いたり、余暇を楽しみながら生きられるようになってほしいと願っている。彼らが社会や地域の中にいることがごく自然のこととなるようにと願っている。遊ぶ場、働く場、生活する場、学ぶ場など、彼らが安心して生きられる場がたくさんあること、そして生きる場の選択肢が多くあることが、彼らにとっても私たちにとっても生きやすい社会なのである。学びの場はそうした社会を作るための小さな一歩である。

最後に、前作に続き、出版を引き受けくださった出窓社の矢熊晃氏に、心よりお礼申し上げます。

二〇一八年七月　酷暑の京都にて

信田敏宏

著 者　**信田敏宏**（のぶた・としひろ）

国立民族学博物館教授。
1968年、東京都生まれ。東京都立大学大学院社会科学研究科博士課程単位修得退学。博士（社会人類学）。専門は社会人類学・東南アジア研究。主な著書に『ドリアン王国探訪記――マレーシア先住民の生きる世界』（臨川書店）、『周縁を生きる人びと――オラン・アスリの開発とイスラーム化』（京都大学学術出版会、第4回東南アジア史学会賞受賞）、『「ホーホー」の詩ができるまで――ダウン症児、こころ育ての10年』（出窓社）などがある。

装　画　信田静香
本扉：「夜空に静かな羽がはばたくフクロウ」
カバー表1：「さむい所に住むケナガマンモス」
カバー表4：「世界最大の暗い所で光るダイオウイカ」

DMD

出窓社は、未知なる世界へ張り出し
視野を広げ、生活に潤いと充足感を
もたらす好奇心の中継地をめざします。

「ホーホー」の詩、それから　——知の育て方

2018年 9 月25日　初版印刷
2018年10月17日　第 1 刷発行

著　者　信田敏宏
発行者　矢熊 晃
発行所　株式会社 出窓社
東京都国分寺市光町 1-40-7-106 〒185-0034
TEL 042-505-8173　Fax 042-505-8174
振　替　00110-6-16880

図書設計　辻 聡
印刷・製本　シナノ パブリッシング プレス

ISBN978-4-931178-91-5

「ホーホー」の詩ができるまで

ダウン症児、こころ育ての10年

信田敏宏 著

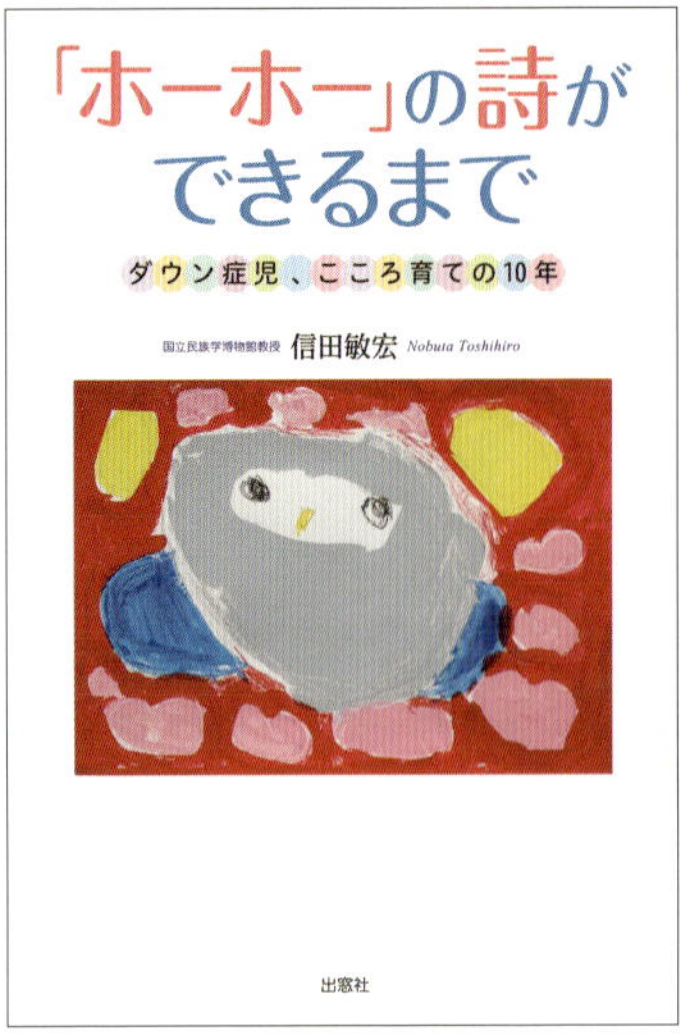

あきらめず、うつむかず、
ゆっくりと。

ダウン症に生まれた娘の初めて書いた詩
「ホーホー」が、第19回NHKハート展に
入選するまでの確かな成長を
社会人類学者の父が、温かく冷静な
まなざしで綴った勇気と希望のあふれる書。

◆四六判上製・一二八頁・4色刷●1300円＋税